U0366521

快与慢

一只蜜蜂
一只蜘蛛

蜜蜂代表了古人的一种品位，蜂巢稳定有序，是有理数的象征：确定和优雅。

蜘蛛象征了现代人的一种理性，蜘蛛网呈几何图形，是无理数的代表：不确定和不斯文。

蜜蜂筑巢，无论采集什么，都滋养了自己，但丝毫无损花朵的芳香、美丽和活力。

蜘蛛吐丝，无论形状怎样，都是织造粘网，为了猎杀他者……

"轻与重"文丛的 2.0 版

主　编　点　点

编委会成员　(按姓氏笔画排序)

伍维曦　杨　振　杨嘉彦　吴雅凌　陈　早
孟　明　袁筱一　高建红　黄　红　黄　蓓

真正的道德哲学家和有益于人的德性教师正是这样一些人：

他们最初和最终的意图乃是让听众和读者成为好人，

他们不仅教导何为德性、何为恶，并将其美丑灌输给我们，

同时也在我们心中播下对最好事物的爱慕与渴望、对最坏事物的憎恨和

逃离之法。

——弗兰齐斯科·彼特拉克

华东师范大学出版社六点分社　策划

快与慢

点点 主编

论自己和大众的无知

[意] 弗兰齐斯科·彼特拉克 著　张沛 译

Francesco Petrarca

On His Own Ignorance
and That of Many Others

华东师范大学出版社

-上海-

缘　起

倪为国

1

继"轻与重"文丛,我们推出了 2.0 版的"快与慢"书系。

如果说,"轻与重"偏好"essai"的文体,尝试构筑一个"常识"的水库;书系 Logo 借用"蝴蝶和螃蟹"来标识,旨在传递一种悠远的隐喻,一种古典的情怀;"快与慢"书系则崇尚"logos"的言说,就像打一口"问题"的深井,更关注古今之变带来的古今之争、古今之辨;故,书系 Logo 假托"蜜蜂和蜘蛛"来暗合"快与慢",隐喻古与今。如是说——

蜜蜂代表了古人的一种品位,蜂巢稳定有序,是有理数的象征:确定和优雅。

蜘蛛象征了现代人的一种理性,蜘蛛网

呈几何图形，是无理数的代表：不确定和不斯文。

蜜蜂筑巢，无论采集什么，都滋养了自己，但丝毫无损花朵的色彩、芳香和美丽。

蜘蛛吐丝，无论形状怎样，都是织造粘网，为了猎杀他者……

2

快与慢，是人赋予时间的一种意义。

时间只有用数学（字）来表现，才被赋予了存在的意义。人们正是借助时间的数学计量揭示万事万物背后的真或理，且以此诠释生命的意义、人生的价值。

慢者，才会"静"。静，表示古人沉思的生活，有节制，向往一种通透的高贵生活；快者，意味"动"，旨在传达现代人行动的生活，有欲望，追求一种自由的快乐生活。今日之快，意味着把时间作为填充题；今日之慢，则是把时间变为思考题。所以，快，并不代表进步，慢，也不表明落后。

当下，"快与慢"已然成为衡量今天这个时代所谓"进步"的一种常识：搜索，就成了一种新的习惯，新的生活方式——我们几乎每天都会重复做这件事情:搜索,再搜索……

搜索,不是阅读。搜索的本质,就是放弃思考,寻找答案。

一部人类的思想史,自然是提问者的历史,而不是众说纷纭的答案历史;今日提问者少,给答案人甚多,搜索答案的人则更多。

慢慢地,静静地阅读,也许是抵御或放弃"搜索",重新学会思考的开始……

3

阅读,是一种自我教化的方式。

阅读意义的呈现,不是读书本身,而是取决于我们读什么样的书。倘若我们的阅读,仅仅为了获取知识,那就犹如乞丐渴望获得金钱或食物一般,因为知识的多少,与善恶无关,与德性无关,与高贵无关。今天高谈"读什么",犹如在节食减肥的人面前讨论饥饿一样,又显得过于奢求。

书单,不是菜谱。

读书,自然不仅仅是为了谋食,谋职,谋官,更重要的是谋道。

本书系的旨趣,一句话:且慢勿快。慢,意味着我们拒绝任何形式对知识汲取的极简或图说,避免我们的阅读碎片化；慢，意味着我们关注问题，而不是选择答案；慢，意味着我们要回到古典，重新出发，凭靠古传经典，摆脱中与西的纠葛，远离左与右的缠斗，跳出激进与保守的对峙，去除进步与落后的观念。

从这个意义上说，我们遴选或开出的书单，不迎合大众的口味，也不顾及大众的兴趣。因为读书人的斯文"预设了某些言辞及举止的修养，要求我们的自然激情得以管束，具备有所执守且宽宏大量的平民所激赏的一种情操"（C. S. 路易斯语）。因为所谓"文明"（civilized）的内核是斯文（civil）。

4

真正的阅读，也许就是向一个伟人，一部伟大作品致敬。

> 生活与伟大作品之间/存在古老的敌意（里尔克诗）。

这种敌意，源自那个"启蒙"，而今世俗权力和奢华物质已经败坏了这个词，或者说，启蒙运动成就了这种敌意。"知识越多越反动"恰似这种古老敌意的显白脚注。在智能化信息化时代的今日，这种古老的敌意正日趋浓烈，甚至扑面而来，而能感受、理解且正视这种敌意带来的张力和紧张的，永远是少数人。编辑的天职也许就在于发现、成就这些"少数人"。

快，是绝大多数人的自由作为；慢，则是少数人的自觉理想。

著书，是个慢活，有十年磨一剑之说；读书，理当也是个细活，有十年如一日之喻。

是为序。

目　录

彼特拉克的焦虑

（代译序）

中国读者大都听说过彼特拉克（Francesco Petrarca，1304—1374）的名字，甚至知道他是意大利文艺复兴三杰之一、欧洲文艺复兴之父和西方近代人文主义先驱。但是熟知不等于真知：在很多方面，他对我们（包括笔者在内）仍不过是一个熟悉的陌生人。首先，彼特拉克的作品在国内译介无多：就中国大陆而言，目前仅见《歌集》（李国庆、王行人译，花城出版社，2000年；王军译，浙江大学出版社，2019年）和《秘密》（方匡国译，广西师范大学出版社，2008年）两种以及一些零星译介，此外几乎无书可读。其次，即便我们对他有所了解，也仅仅是把他当作抒情诗人或文学作者，而对他作为一个整全个体的自我认知——这一认知构成了他那个时代的精神自觉和自我意识——仍不甚了了；读其书而不知其人，更谈不上"知人论世"，尽管今天我们事实上仍然生活在彼特拉克及其后来者即所谓"文艺复兴人"开启的那个时代。

不过,这个时代似乎正在成为自身的遗蜕或者废墟。在后现代状况下(这一状况因互联网、人工智能、云计算、量子传输、虚拟-增强现实技术而证取自身),"人文主义"被视为不可能完成的任务(*mission impossible*)或已陈之刍狗(lost cause),甚至是本身需要祛魅的神话。然而,没有神话的现实是可悲的,而废墟也许是新生的根基。在此方面,彼特拉克本人的知识生活(同时也是他的精神实践)为我们提供了历史的见证。作为从"黑暗世纪"中走出的第一人,彼特拉克——顺便说一句,他正是"黑暗(中)世纪"(Dark Age)这一深入人心的说法的始作俑者——通过回望古典而发现了未来世界的入口。

1336 年 4 月 26 日,彼特拉克成功登顶法国南部普罗旺斯地区的旺图山(Ventoux)。这是彼特拉克个人生命中的一个重要事件,也是西方-世界历史的一个包孕-绽出时刻:正是在此并以此为标志,近世欧洲迎来了文艺复兴的第一缕曙光。站立高山之巅,俯瞰下界人间,彼特拉克不禁心神激荡,同时也倍感孤独,如其事后所说:"我突然产生一种极其强烈的欲望,想重新见到我的朋友和家乡。"这时他想到了奥古斯丁,于是信手打开随身携带的《忏悔录》①,正

---

① 　彼特拉克的这一举动显是取法奥古斯丁,而奥古斯丁本人则效仿了圣安东尼(St. Anthony the Great,c. 251—(转下页注)

好看到第10卷第8章中的一段话："人们赞赏高山大海、浩森的波涛、日月星辰的运行，却遗弃了他们自己。"仿佛醍醐灌顶，彼特拉克顿时醒悟：原来，真正的高山，或者说真正需要认识和征服的对象，不是任何外界的有形存在，而是"我"的内心！

那么，彼特拉克在他的内心中看到了一个怎样的自己呢？一言难尽。在他晚年致教廷派驻阿维农特使布鲁尼的一封信（1362年）中，彼特拉克自称"热爱知识远远超过拥有知识"，"是一个从未放弃学习的人"，甚至是一名怀疑主义者：

> 我并不十分渴望归属某个特定的思想派别；我是在追求真理。真理不易发现，而且作为一切努力发现真理者中最卑下、最孱弱的一个，我时常对自己失去信心。我唯恐身陷谬误，于是将身投向怀疑而不是真理的怀抱。我因此逐渐成为学园（the Academy）的皈依者，作为这个庞大人群中的一员，作为此间芸芸众生的最末

（接上页注)356）根据"圣卜"皈依的先例（事见奥古斯丁《忏悔录》第8卷8—12章中记述的"花园顿悟"一节）。按"圣卜"（Sortes Sanctorum 或 Sortes Sacrae）脱胎于古代晚期（2世纪之后）以拉丁史诗《埃涅阿斯纪》占卜决疑的"维吉尔卜"（Sortes Virgilianae），而后者又源于更早的以古希腊史诗《伊利亚特》占卜决疑的"荷马卜"（Sortes Homericae）。

一人。

这是他在五十八岁时的自我认识。而他早年的自我认识承载和透显了更多自我批判（同时也是自我期许）的沉重和紧张：

> 在我身上还有很多可疑的和令人不安的东西……我在爱，但不是爱我应该爱的，并且恨我应该希求的。我爱它，但这违背了我的意愿，身不由己，同时心里充满了悲伤……自从那种反常和邪恶的意愿——它一度全部攫取了我，并且牢牢统治了我的心灵——开始遇到抵抗以来，尚未满三个年头。为了争夺对我自身内二人之一的领导权，一场顽强的、胜负未决的战斗在我内心深处长期肆虐而未有停歇。（1336 年 4 月 26 日致弗朗西斯科信）

这种沉重和紧张源于并且表达了中世纪人（以奥古斯丁为其原型）特有的一种生存焦虑，而这种焦虑——从历史的后见之明看——正预示了后来蒙田和笛卡尔表征指认的现代意识与精神症候。

与此同时，我们还在彼特拉克身上看到另一种"在世的心情"：不同于方才所说的自我怀疑，它更多是一种源于他者——确切说是作为他者的古人和前人——知识（knowledge of the Other）的"影响的焦虑"。事实上，正是后者使彼特拉克成为"一个最早的真正现代人"①（而不是一名单纯的中世纪西塞罗主义基督教道德哲学家②）并率先开启了文艺复兴时期的人文主义文化转型③。

彼特拉克本人曾在他的灵修日记——《秘密》（Secretum，1342—1343）一书中借奥古斯丁之口批判自己对世俗"荣耀"即文名的迷恋和追求，其中他特别提到"年轻一代的成长本身依靠的就是对老一辈的贬低，更别说对成功者的嫉妒"以及"普通人对天才生命的不满"④。他这样说当是有感而发——二十五年后，他被四名来自威尼斯上流社会的"年轻人"嘲讽为"无知之人"而愤然写下《论自己和大众的无知》一文，公开声称"我从来不是一个真正有学识的人"，"就让那些否定我学识的人拥有学识吧"，但是随后又说"在我年轻的时候，人们经常说我是一个

---

① 布克哈特：《意大利文艺复兴时期的文化》第 3 章，何新译，商务印书馆，1997 年，第 294 页。

② 赫伊津哈即持此说（参见《中世纪的衰落》第 23 章，刘军、舒炜等译，中国美术学院出版社，2007 年，第 344—345 页），当然他是就时人的接受认知而言。

③ 加林：《中世纪与文艺复兴》第 4 章，李玉成译，商务印书馆，2012 年，第 105 页。

④ 彼特拉克：《秘密》第 3 卷，方匡国译，广西师范大学出版社，2008 年，第 145 页。

学者。现在我老了，人们通过更加深刻的判断力发现我原来是一个不学无术的白丁"，到底意难平，此时他一定感触更深——不过他似乎没有想到（或是想到却不愿承认）自己也曾是其中一员。"偶开天眼觑红尘，可怜身是眼中人"，这大概正是我们每个人的宿命或"人类境况"（conditio humana）吧。

例如他对但丁的态度就很说明问题。但丁是彼特拉克的父执长辈和同乡（尽管流亡在外），也是横亘在后代作家（彼特拉克即是他们的领袖）面前的一座文学高峰。彼特拉克从不吝惜对古人——从柏拉图、西塞罗到奥古斯丁——的礼敬和赞美，但对年长他一辈的但丁却始终保持意味深长的沉默。后来他向挚友薄伽丘解释自己为什么这样做时坦陈心曲：

> 我当时极其渴望获取我几乎无望得到的书籍，但对这位诗人的作品却表现出异常的冷淡，尽管它们很容易取得。我承认这一事实，但是我否认敌人强加给我的动机。我当时亦致力于俗语写作；我那时认为没有比这更美妙的事，而且还没有学会向更高处眺望。不过当时我担心，由于青年人敏感多变而易于赞赏一切事物，自己如果沉浸在他或其他任何作家的诗歌作品中，也许会不自觉地、不由自主地成为一个模仿者。出于青年人的热情，这一想法令我心生反

感。我那时十分自信,也充满了热情,自认为在本人试笔的领域足以无需仰仗他人而自成一家。我的想法是否正确留待他人评判。但我要补充一句:如果人们能在我的意大利语作品中找到任何与他或别人作品的相似甚至雷同,这也不能归结为秘密或有意的模仿。我总是尽量躲开这一暗礁,特别是在我的俗语写作中,尽管有可能出于偶然或(如西塞罗所说)因为人同此心的缘故,我不自觉地穿行了同一条道路。

(1359 年 6 月自米兰致薄伽丘信)

如其所说,他对但丁选择视而不见是为了避免袭蹈前人("不自觉地、不由自主地成为一个模仿者"),事实上是出于要强和自信("自认为在本人试笔的领域足以无需仰仗他人而自成一家")而非嫉妒。为了强调这一点,他甚至反问老友:"你难道认为我会对杰出之人受到赞扬和拥有光荣而感到不快吗?"并向对方保证:"相信我,没有什么事物比嫉妒离我更远";"请接受我的庄严证词:我们的诗人的思想和文笔都让我感到欣喜,我每当提到他都怀着最大的敬意。"

当然,这只是彼特拉克(尽管他是最重要的当事人)的一面之词。其然乎,岂其然乎? 作为后来旁观的读者,我们本能地感到他的话不尽不实。例

如,他在五年后同是写给薄伽丘的一封信中再次谈
到自己早年的文学道路,但是这次他的说法有所
不同:

> 无论是散文还是诗歌,拉丁文无疑都是比
> 俗语更加高贵的语言;但是正因为如此,它在前
> 代作家手中已经登峰造极,现在无论是我们还
> 是其他人都难以有大的作为了。另一方面,俗
> 语直到最近才被发现,因此尽管已被很多人所
> 践踏,它仍然处于未开发的状态(虽说有少数人
> 在此认真耕耘),未来大有提升发展的空间。受
> 此想法鼓舞,同时出于青年的进取精神,我开始
> 广泛创作俗语作品。(1364 年 8 月 28 日自威
> 尼斯致薄伽丘信)

彼特拉克所说的在俗语文学领域"认真耕耘"的"少
数人"自然包括但丁在内,甚至首先指的是但丁,但
他强调"它仍然处于未开发的状态",换言之但丁的
"耕耘"成果几可忽略不计。看来,年届花甲的彼特
拉克仍未真正解开心结:面对据说"思想和文笔都让
我感到欣喜"——尽管"他的风格并不统一,因为他
在俗语文学而非诗歌和散文方面取得了更高成
就"——的但丁,他内心深处仍是当年那个满怀超越
野心并深感"影响焦虑"的青涩少年。

　　但是少年总会长大成熟并成为新一代的前辈。彼特拉克本人亲身见证了这一人类境况,并预示了欧洲文艺复兴的文化精神和历史命运。面对自己的直接前辈——"黑暗的"中世纪文化,一如彼特拉克之于但丁,文艺复兴精神通过远交近攻、厚古薄今的策略,从更久远的时代(在文艺复兴中人看来,这是一个失落的美丽新世界)——古代希腊-罗马异教文明中汲取智慧和力量,通过模仿古人而战胜了前人,最终从古人-前人手中夺回了自身存在的权利和现代人的自我意识。

　　这是人类精神——确切说是文艺复兴精神——从"影响的焦虑"走向自信的胜利传奇,也是古典人文理想的伟大再生。"人文主义的普遍原则",克罗齐向我们指出,"无论是古代人文主义(西塞罗是其伟大范例),还是 14—16 世纪间在意大利繁荣的新人文主义,或是其后所有产生或人为地尝试的人文主义,都在于提及过去,以便从过去中为自己的事业和行动汲取智慧",即"采用模仿观念并把过去(它所钟爱的特殊过去)提高到模式高度",然而"人文主义含义上的模仿,不是简单的复制或重复,而是一种在改变、竞争和超越时的模仿"[①],也

---

① 　克罗齐:《作为思想和行动的历史》,田时纲译,中国社会科学出版社,2005 年,第 236—237 页。

就是从无到有而后来居上的创造。事实上，这正是维达（Marco Girolamo Vida）①、杜贝莱（Joachim du Bellay）②、明图尔诺（Antonio Minturno）③、锡德尼（Sir Philip Sidney）④、瓜里尼（Giovanni Battista Guarini）⑤等文艺复兴人理解认同的模仿精神，而他们的主张又与古人和前人——从但丁⑥到朗吉努斯⑦、贺拉斯⑧——的观点不谋而合并遥相呼应。我们甚至在西方人文曙光初现的时刻即看到了这一精神的自我表达：

> 这种不和女神有益于人类：陶工厌恶陶工，工匠厌恶工匠；乞丐妒忌乞丐，诗人妒忌诗人。
>
> （赫西俄德：《工作与时日》第 24—26 行）

赫西俄德所说的同行间的厌恶（κοτέει）和妒忌（φϑονέει），即古希腊-西方文明的核心精神——竞争（ἀγών）的又一表述。与同类"竞争"的目的，用荷马

① Cf. Vida：*The Art of Poetry*，III.
② Cf. Du Bellay：*The Defense and Illustration of the French Language*，I. vii.
③ Cf. Minturno：*L'arte poetica*，IV.
④ Cf. Sidney：*The Defense of Poesie*，11.
⑤ Cf. Guarini：*The Compendium of Tragicomic Poetry*，2.
⑥ Cf. Dante：*On the Eloquence of Vernacular*，II. iv. 3.
⑦ Cf. Longinus：*On the Sublime*，13.
⑧ Cf. Horace：*Ars Poetica*，19.

的话说是"追求卓越"（*αἰὲν ἀριστεύειν*）①，今人所谓"做最好的自己"，而用德尔菲神谕作者的话说则是"认识你自己"（*γνῶθι σεαυτόν*），即寻求自我实现。彼特拉克的焦虑——历史证明这一焦虑提供了自我超越的动力并最终转化为审己知人的自信（confidence in comparison）——正是这一古典精神的再现和新生。通过这一精神，彼特拉克成为了"文艺复兴之父"和人文主义"第一位伟大代表"②；也正是通过这一精神，文艺复兴成就了自身的辉煌。

尽管这一辉煌在今天已经暗淡消退——从现代科技应许的伟大前程和光明之境回望，这一辉煌甚至成为人类未来世界的一道阴影。然而，正是这一挥之不去的阴影赋予其历史的纵深而印证了此在的真实。所谓"潜虽伏矣，亦孔之昭"，人类之"奥伏赫变"在是：不知此者不足以言人文，更不足与论人类

---

① 在《伊利亚特》中，荷马借格劳克斯之父希波洛克斯（Hippo-lochus）与阿喀琉斯之父佩琉斯（Peleus）之口两次申说了这一主题（*The Iliad*, 6. 208 & 11. 784: "*αἰὲν ἀριστεύειν καὶ ὑπείροχον ἔμμεναι ἄλλων*"）。即如法国古典学者马鲁（Henri-Irénée Marrou）所见："把人生看作一场旨在获胜的竞技和一种勇武有力的'生命技击术'，这是荷马首先表述出来的"，而"荷马教育的秘密即在于将英雄奉为楷模"（《古典教育史·希腊卷》，龚觅、孟玉秋译，华东师范大学出版社，2017 年，第39 页、第41 页）。

② 克里斯特勒：《意大利文艺复兴时期的八个哲学家》，姚鹏、陶建平译，广西美术出版社，2017 年，第 5 页、第 164 页。

的未来。念兹在兹,本人乃不揣冒昧移译这本小书①,并望海内同道指正赐教,以为温故知新、继往开来之先行筹划。愿言是怀,谨为序。

张　沛

2017 年 10 月中旬写于北大中关园寓所

---

①　本书导言及前四篇文章选译自 *The Renaissance Philosophy of Man*(Cassirer, Kristeller&Randall, Jr. [ed.], Chicago: The University of Chicago Press, 1948),后五篇文章选译自 *The Art of the Critic: Literary Theory and Criticism*(Harold Bloom [ed.], New York: Chelsea House Publishers, 1986)。

导言

在开启了欧洲现代文明的新哲学的发展历程中,彼特拉克的地位难以确定,正如他惊人地复杂的个性一样。我们很少见到像他这样将始终高涨的抒情诗人气质与完全超然事外而能把握现实的心理素质集于一身的人。不足为奇,这种调和看似矛盾的特性的有利做法产生了最幸运的结果。

在塑造现代人心灵方面,彼特拉克的贡献无论怎样评价都不为过。然而,我们不应贸然称他为这种意义上的哲学家:他构想新的、具有原创性的哲学观念并且乐于或至少是试图将这些观念组织成一个连贯而协调的个人体系。彼特拉克如果看到自己这样被归类,他是一定会感到惊讶的。他对自己的认识可从他致友人布鲁尼(Francesco Bruni)的一封信中那番引人入胜的自我描述了知大概。他总是宣称自己是他在古代哲人——特别是那些基督纪元前后不久向大众普及希腊哲学的拉丁思想家——著作中发现的道德学说的仰慕者和鼓吹者,如此而已。

　　经院哲学取得的伟大成就——它们并未成为彼特拉克时代每个受过高等教育者的共同财产——对彼特拉克的思想并无显著影响。他本能地厌恶晚期经院哲学，特别是那些具有阿拉伯亚里士多德主义倾向的流派；而亚里士多德本人也多少令他生疑，无论他如何努力去欣赏这个人（他发现自己最喜爱的古典作者都满怀敬意地说到这个人）的伟大。

　　许多引起同时代人兴趣的问题对彼特拉克并无触动。作为虔诚的教会之子，他对教会母亲的学说心悦诚服，并不需要另外一位导师为他指点此世生活的迷津。在此方面，他尤其遵从了奥古斯丁的伟大榜样。他经常嘲笑探究自然奥秘的徒劳无功，并且讥讽那些自称知晓问题答案的人——在他看来，这些问题并不值得研究。对他而言，哲学仅仅意味着教导美好与幸福生活之艺术（*ars bene beateque vivendi*，如他热爱的西塞罗所说）的实践训练。他只是想成为一名道德哲学家，即能够指示他人如何学习并实践这一艺术的人。他的同时代人也发自内心地认可他的道德哲学家身份，而 *philosophus moralis*（道德哲学家）——甚至是在世的最伟大的道德哲学家——正是在他宣布有意将自己收藏丰富的图书馆赠与威尼斯共和国后，威尼斯政府在一份官方文件中对他的称谓。

　　中世纪后期有不少人努力振奋人类的良知并或

多或少取得了成功。在这些人中,彼特拉克的影响远更巨大和深远,因为他能更加强烈地打动读者的心灵。出于对文学性和艺术性的本能追求,他以最杰出的拉丁散文为榜样,努力摆脱中世纪传统的束缚而形成了自己的文体风格。他的雄辩长久以来一直受人称道,因为人们明显感觉到他在把语言锻造为一种广泛适用的有效工具时大大超越了他的上一代人。当后来的人文主义者对他徒劳无功地追求完美无瑕的西塞罗式拉丁文表示不屑时,他们过于冒失地忘记了这一点:他们深感自豪的古典拉丁散文的复兴主要是这个人的功劳。他从青少年时期起就刻苦研读古人作品,从而形成了自己的个人风格。他具有惊人的记忆力,不仅对主要内容过目不忘,更重要的是,他也将表达内容的方式铭记于心。于是,他几乎是在不知不觉间学到了自己最喜爱的作家的文体。一名研究文体问题的学者不难发现他有时极其接近他的前辈楷模,尽管他十分注意避免亦步亦趋的模仿,并以一种完全不属于中世纪的自觉意识来规避今天所说的抄袭。

另一方面,彼特拉克也因为自己比同时代人阅读更多而获益。他以一种此前不为人知的历史关联感阅读古代和中世纪的文学作品,而同样新奇的是他批判地解读作品的能力。他对现实生活具有敏锐的观察,而且热衷于探究人的心灵,因此一切过往记录对他来说都成为了鲜活的现实,而且他有身临其境的代入感,仿佛自己也是其中一个活跃的角色。作为一名永远不知疲倦的书信作家,他开始和古代人物"通讯",仿佛后者能够做出回应,这也绝非一时心血来潮之举。他在阅读古人作品时,几乎忘记他们早已不在人世。通过这种对于时代联系和历史演进的内在逻辑具有清晰认识的高强度阅读,他发展了一种经常让我们感觉完全属于现代的历史观。毫不夸张地讲,处理历史材料的现代方法正始于其人。

在 14 世纪,欧洲各地都有不少进步人士努力为自己、同时也是为满怀期待的学界同仁搜罗沉睡数百年的古代经典作品,从而拓展他们对古代辉煌文明的认识。寻书在许多学人团体中成为一种时尚,而发现一个新的抄本是一件值得夸耀的业绩。然而,没有人能像彼特拉克那样善于利用自己的幸运发现。他被称为解读西塞罗致阿提库斯(Atticus)和昆图斯(Quintus Cicero)主要信函古代抄本的第一人。这些手稿保存在维罗纳大教堂的图书室,但是无人问津。他在维罗纳的人文主义者同行极有可能早就知道这个图书室的存在,然而正是通过彼特拉克,这些材料涉及的历史事件和彼特拉克自幼仰慕的那位拉丁散文大家的性格才得重见天日并产生新的意义。他突然理解了为什么西塞罗作为政治人物注定会失败,而且他发现自己心仪的偶像也有明显的缺陷。

关于彼特拉克对罗马文学的认识，皮埃尔·德·诺拉克(Pierre de Nolhac)在他研究彼特拉克与人文主义的经典著作中已有精彩的论述。现代历史学家和文献学家熟知的主要拉丁作家，他几乎都有了解。有些著名人物不在其中，有时候一些传统谬见使他未能达到后人的认识水平；但是总的说来，他的见识远远超越了同时代最受尊敬的古典学者。薄伽丘也许了解一些彼特拉克未曾留意的作家，但是由于缺乏他的朋友和老师的想象力，他只满足于通过枯燥乏味的考证(尽管用力甚勤)得出一些事实性的认识。

彼特拉克试图学习希腊语，但是未等有成便戛然而止，因此他对古代哲学的见解几乎完全来自拉丁作家，主要是塞内加和西塞罗、拉克坦提乌斯(Lactanius)和奥古斯丁。他的藏书室中藏有亚里士多德《形而上学》和《尼各马可伦理学》的 13 世纪拉丁文译本，但他痴迷于西塞罗式语言的堂皇韵律而反感这些中世纪译本的非古典语言风格，因此他只是从中获取了一些简单事实和若干名言警句。这种本能的恐惧阻碍了他理解这位哲人的想法和希腊哲学的真正目标。有时他也怀疑自己只要不懂希腊语就永远不能卓有成效地理解希腊哲学。他缺乏动力深入了解一门艰深的外语，这是他身上残存的中世纪心态的典型体现。于是,他始终不能充分认识柏拉图为拓展人类心灵视域所做的贡献。彼特拉克拥有至少包括十六部柏拉图对话作品的原文抄本,他为此深感自豪,但是并未从中受教,即便是当时少数几种译为拉丁文的柏拉图作品——这些译本残缺不全,而且译文甚是古怪——也未能给他带来启发。

因此,对于彼特拉克的哲学教育来说,他在即将走向成熟的青年时期接触到奥古斯丁并被他最激动人心的著作《忏悔录》所征服具有极其重大的意义。从他如饥似渴地阅读奥古斯丁的精神自传开始,他全心接受这位教父的指引而尽其可能地成为一个14世纪的奥古斯丁主义者。当他撰写《关于蔑视尘世的对话》时,奥古斯丁对他宛如一位态度严峻而提供帮助的倾听告解者,他向这位伟大的圣徒倾诉了自己内心最深处的感受和痛苦。在他致奥古斯丁教团隐修士狄奥尼基(Dionigi di Borgo San Sepolcro)的信中,他的奥古斯丁式思维方式和他对奥古斯丁风格几近完美的模仿同样明显可见。

本书编选的作品展现了彼特拉克作为最杰出的人文主义者之一在不同生命阶段的精神风貌。尽管他习惯于反复修订和改写他信手写下的文字,但本书基本上完整地保留了原初行文的魅力。即便是后来的修订版也显示出它们一度是在真实经验的强烈驱使下完成的。

　　《登旺图山》长期以来被视为彼特拉克的代表作品,并多次被译为英文。我们不必详述他经过一整天的漫长登山之旅后在何种情形下被激发写作此文,只需指出这一点即足矣:桑塞波尔克罗(Borgo San Sepolcro)的弗朗西斯科·狄奥尼基(Francesco Dionigi de'Roberti,约 1285—1342 年),巴黎的一位神学教授,后来成为那不勒斯王国的主教,正是那个指引彼特拉克走向奥古斯丁的人。心怀感激的学生向他的老师讲述了自己的兴奋经历:他在一天之内登上了卡庞特拉(Carpentras)地区的最高峰,这里离他童年生活过而留下记忆的地方不远。他对这一经历做了摇曳生姿的描述,这让很多读者感到震惊:他们惊奇地发现,他在那个时代居然为了"像现代登山者一样"单纯欣赏美景而冒险登峰! 对他们中的许多人来说,这样想象彼特拉克掩盖了作家本人的真实意图:他要讲述的远不止一次充满危险的登山经历。在整个中世纪,作者和读者都非常了解那种通过貌似平实地讲述实际事件来隐藏更深意义的艺术,因此他们惯于在几乎每一部文学作品中探求深层的寓意。在《登旺图山》中,彼特拉克巧妙地结合了文字的字面意义和隐喻意义。他在讲述决定命运的 1336 年 4 月 26 日这一天发生的事情时,每一句话都记录了他内心斗争的不同阶段:这场漫长的斗争最终导致面向更高心灵状态的对话与提升,它令人想起将近一千年前他的主保圣人激烈皈依基督教的过程。

这封信可以视为一部尤其具有启发意义的典范作品:它告诉我们,一名受过中世纪传统训练的作家如何能在自己的作品中恰到好处地征引其他作家而将之化为己有。这一微妙的艺术在书信行将结束时达到了高潮。在这里,"登临绝顶"的彼特拉克想到了前代伟大人物生命中的关键时刻,他将他们的生平事迹引入自己的叙述,郑重其事地示意他同样见证了自身生命的决定性时刻。

大约三十年后,当彼特拉克创作《论自己和大众的无知》一文时,他处在一个非常不同的生命阶段。要理解这部作品,我们必须了解一些作者当时的生活细节。这时的彼特拉克是整个西方世界最有名的学者和道德哲人。因此,当他听到某些他一度视为朋友和仰慕者的人贬低他的话时,他感受到了严重的打击。

1366年,四名来自威尼斯社会最上层的人士竟然以正规法律判决的形式宣布彼特拉克"自然是一个好人,但是作为学者则乏善可陈"。事实上,这是他们在一次私人宴会后宣布的,但是很快就成为全城——此时彼特拉克尚作为尊贵的客人住在当地——各个文人圈子里谈论的话题。有些年轻的后辈因为难以忍受大家对这位文坛宿将的无限吹捧，他们在谈论此事时无疑多少带有一些恶意。从《论无知》的威尼斯手稿抄本（马西安拉丁抄本 IV，89）的一条边注和一段话中，我们获悉了这四个"年轻人"的名字，他们只是在彼特拉克（此时他已年逾花甲）看来年轻罢了。他们是：列奥纳多·丹多洛（Leonardo Dandolo，约 1330—1405 年），威尼斯已故总督安德里亚（Andrea）之子，一名已在本国军事和外交领域中展示才华而获得骑士荣衔的贵族（patrician）；扎卡赖亚·康塔里尼（Zaccaria Contarini），同是一名贵公子，因为尚未受封为骑士，彼特拉克在边注中称他"仅仅是一个贵族"，但他已经多次出任重要的外交使节工作；托马索·塔兰提（Tommaso Talenti，卒于1403 年），一个富有的商人，但和前面两位贵族相比不过"只是一个商人"；最后是雷焦-艾米利亚（Reggio-Emilia）的圭多·达·巴尼奥洛（Guido da Bagnolo，约 1325—1370 年），塞浦路斯王国的宫廷御医和常驻黎凡特（Levant）首府贸易大臣。

　　来自佛罗伦萨亚平宁山脉普拉托韦基奥地区的多纳托·德·阿尔班赞尼（Donato degli Albanzani，约1325—1411 年）最先向彼特拉克透露了这个令人不快的消息。他为自己钦慕的大师受到污蔑而倍感愤怒，因为作为一个方兴未艾的学派的首领，他的声誉在一定程度上正依赖于他和这位大师的亲密关系。彼特

拉克后来颇为真诚地相信他只是嘲笑了这些自大的
年轻人的放肆行为,但也不无可能正是这种敌对气氛
促使他下决心离开这个数年前还被他称为"唯一的自
由港湾"的威尼斯。起初他忙着迁往帕维亚(Pavia),
在那里他的慷慨大方的东道主加莱阿佐·维斯孔蒂
(Galeazzo Visconti)将在他宏伟壮观的新城堡中建造
一个豪华的宫廷。彼特拉克过了一段时间才打算以
认真驳斥的形式回敬他们。据他数年后致薄伽丘信
中的说法,他是在友人的强烈要求下,并最终是因为
1367 年冬泛舟波河(the Po)前往帕多亚(Padua)旅行
的途中穷极无聊而开始写作此文的。

　　彼特拉克总是习惯于通过写作来摆脱令人困扰
的和痛苦的心灵负担。他特有的抒情诗人气质在很
多情况下都发挥了奇效。于是,他在采用辱骂(invec-
tive)这一古典形式——从古代起,这种文学样式就允
许使用各类攻击手段——写作这篇论述人类无知的
文章时内心重新获得了平衡。在信仰礼貌原则的现
代读者看来,他对待那些自封的审判者的方式可能有
时显得颇为粗鄙甚至下作。不过我们必须牢记:这种
直抒胸臆和含沙射影的大肆攻击,在我们看来也许显
得古怪,却属于谩骂文体的常态。此外我们也看到作
者的怒气逐渐消失,温厚的天性越来越主导了这本小
书的精神,文章将近结束时尤其明显。在结尾处,彼
特拉克甚至宣布愿与以前的朋友和解了。

在彼特拉克的其他作品中，我们不大容易看到他是怎样从自己搜集的古代和当代哲学材料中吸取知识和见解的①。由于那些年轻人自称属于一个进步的哲学流派，其学说大多来自亚里士多德的阿拉伯评注者，于是彼特拉克纵情地嘲笑他们一味吹捧亚里士多德和阿威罗伊而奴从了未经证实的权威。当时阿威罗伊的评注十分流行，虽然它们的拉丁译本有严重的错误。彼特拉克知道，他的对手看似大胆无畏、没有成见地探求真理，事实上从来没有哪怕是三心二意地在公正无私的基础上尝试开展研究。诚然他在反驳对方的指控时主要采用了雄辩的方式，不过他的健全常识和清明判断一再突破了上述方式。

《反对滥用论辩术》一文是彼特拉克早年的作品。他写作这部作品后不久就经历了我们在他致狄奥尼基的信中所见到的那场巨大精神危机。本篇小文是他和西西里人、墨西拿的托马索·加罗利亚（Tommaso Caloria）通信中的一部分，后者是他在博罗尼亚大学求学时期那段轻松快乐岁月中的一个伙伴。后来他们不得不分开，从此再未相见，但他们保持了密切的联系，时常互相通信讲述各人的生活和研究兴

---

① 读者会在他的注释中发现这一点。深入细致的分析将有助于揭示这一点，但是本文篇幅有限，兹不具论。〔译者按：本书脚注如未作特别说明，皆为原编者所注。〕

趣,直到托马索在 1341 年过早离世。将近二十年后,彼特拉克编选《亲友通信集》(*Familiares*)①时,认为自己写给加罗利亚的几封信值得收录。很可能他选择这封是因为它展示了如何以怡人的方式写作辱骂文章。对我们来说,这是一篇有趣的文献,它记录了彼特拉克刚从大学出来、对大学教育记忆犹新时的心态。他的哲学立场在很大程度上仍然来自西塞罗,同时他的写作也将这位罗马重臣-哲人的沉静洗练文风视为模仿对象。

　　彼特拉克本人讲过促使他写作关于论辩术及其局限的原因。加罗利亚似乎告诉过他,墨西拿一位老年教师——对他来说,哲学即等于学究式地运用论辩法则——对彼特拉克此前一封信中对时下论辩方法的言论感到愤怒,甚至威胁要撰文报复作者。他的威胁正好为彼特拉克提供了阐述世人应当如何看待论辩术的契机。在彼特拉克看来,论辩术只能帮助初学者为合理地、批判地处理高深的哲学问题做好准备;诚然,它能为富有成效地解读更重要的文献提供工具,但不得为了自身目的而使用。其中谈到诸多论辩学派侵袭英伦三岛的一段话具有文献学的价值,因为它揭示了彼特拉克及其周边学者是如

①　以下简称为《亲》(*Fam.*)。彼特拉克后来编选了第二辑《古人通信集》(*Seniles*),以下简称为《古》(*Sen*)。

何看待英国当时的哲学的。

　　在许多情况下，时人为了显示博学和深刻，往往贬低那些经常被人引用但是作品很少被人阅读（而且阅读时总是缺乏足够的批评精神）的作者。就像彼特拉克在威尼斯的年轻朋友一样，许多人希望通过亵渎一切虔诚心灵珍视的事物来给人留下深刻的印象。没有证据表明彼特拉克确实动手编选了反驳阿威罗伊的文集。他曾邀请他的奥古斯丁修会同志路易基·马西里（Luigi Marsili，约 1342—1394 年）接手这项工作，但是后者从未有这方面的著作问世。在 14 世纪的最后几年中，宗教和教会面临的危险——这是彼特拉克非常关心的问题——似乎不再突出或构成威胁。马西里使彼特拉克的传统始终保持了活力，直到将近 15 世纪时希腊学术的复兴唤起一种新的人文主义兴趣①。

汉斯·纳霍德
（Hans Nachool）

---

①　我要感谢纽约北伊萨卡的 Helen Florence 小姐和 John H. Randall, Jr 教授，他们细心修订了我的译文。

自述

摘自 1362 年 10 月 25 日致教廷派驻阿维农特使布鲁尼（Francesco Bruni）信。*Opera*（Basel，1554），p. 824；（1581），p. 745.

你说我是演说家、历史学家、哲学家和诗人，甚至还是神学家。你定然不会这样说，如果不是因为一个很难让人不相信的人——我指的是爱——说服了你。如果你没有用这些过于崇高的名号称赞我，你或许还能获得原谅。我配不上这些强加的头衔。不过我的朋友，让我告诉你我离你的推许有多远吧。这不是我个人的想法，而是一项事实：我根本不是你认为的那种人。那我是一个怎样的人呢？我是一个从未放弃学习的人——我甚至并不是学园中人，而是一名哼着乡村小调、独自徜徉穿行高大树林的边鄙之人，并——在假想和确信的巅峰时刻——坐在苦涩的月桂树下，颤巍巍提笔蘸墨作文。作为一名热爱知识远远超过拥有知识的人，我工作时的热情

超过我取得成就的幸运。我并不十分渴望归属某个
特定的思想派别;我是在追求真理。真理不易发现,
而且作为一切努力发现真理者中最卑下、最孱弱的
一个,我时常对自己失去信心。我唯恐身陷谬误,于
是将投向怀疑而不是真理的怀抱。我因此逐渐成为
学园(the Academy)①的皈依者,作为这个庞大人群
中的一员,作为此间芸芸众生的最末一人。

---

① 关于新学园(the New Academy)的怀疑主义结果,彼特拉克
的信息来源是西塞罗的哲学著作,特别是他的《学园派后篇》
(*Academica posterira*)。他在此(1. 12. 46)发现了西塞罗的
说法,即在柏拉图的著作中没有任何东西"从正反两面"(*in
utramque partem*)得到确定阐述和充分探讨。

登旺图山

1336 年 4 月 26 日致巴黎神学教授弗朗西斯科
(Francesco Dionigi de'Roberti of Borgo San Sepolcro)
信，于马洛塞纳（Malaucène）。Opera（Basel，1581），
pp. 624—627.

致巴黎神学教授、圣奥古斯丁修会成员弗朗西斯科，
关于他的困境。

今天我登上了当地人不无道理地称为"风顶"
(the Windy Peak)①的本地第一高峰。我做这件事

---

① 在拉丁文献中，这座山峰以"Ventosus"（意为多风——译者
按）之名最早出现在 10 世纪，尽管最初它和环绕山顶呼啸的
狂风没有任何关系。它的普罗旺斯方言形式"Ventour"表明
它的名字来自罗马征服前罗恩河盆地的利古里亚人（Liguri-
an）崇奉的神灵，据说他居住在高山之上。参见朱利安（C.
Jullian）:《高卢史》（*Histoire de la Gaule*）VI, 329；朱立恩（P.
Julian）:《旺图山名语源汇编》（*Glose-sur-l'étymologie du mot
Ventoux*），载 *Le Pèlèrinage du Mt. Ventoux*（Carpentras，
1937），第 337 页以降。

不为别的，只是为了欣赏山顶的巍峨。从事这项探
险是我多年来的心愿。你知道，我从幼年时期起即
在这一带辗转，就像命运在人事中辗转出现一样，
而这座远远可见的山峰总是进入你的视线。因此
我最后下定决心去完成我一直想做的事。我当时
正在重读李维写的罗马史，其中一段说到马其顿国
王菲力——即向罗马人发动战争的那个菲力——
"登上了色萨利（Thessaly）的海姆斯山（Mount
Haemus），因为他相信这个说法，即从山顶可以看
到两个海：亚德里亚海和黑海。"①我不知他的说法
是否正确，因为该山远离我们所在的地区，历代记
载也莫衷一是，令人难以取舍。我不想列举全部：
宇宙志学者彭波纽斯·梅拉（Pomponius Mela）毫
不犹豫地宣布它是真的②；李维认为这个说法是假
的。如果那座山能像本地的这座山一样易于探索，
我是不会让它长久存疑的。无论如何，我最好是放
下这个问题，以便回到我一开始提到的那座山。在

---

① 李维在《罗马史》xl. 21. 2-22. 7 讲到马其顿国王菲力五世登
　　上了大巴尔干地区最高峰之一的海姆斯山（约 7800 英尺），
　　目的是探勘未来第三次马其顿战争之前的军事活动区域，计
　　划由此反抗罗马人的进攻（181 B. C.）。彼特拉克根据普林
　　尼的《自然史》（参见 iv. 1. 3、xi. 18. 41）而知道这座山的确切
　　位置，因此他将"色雷斯"（Thrace）说成"色萨利"一定是出于
　　笔误。

② 梅拉：《宇宙志》ii. 2. 17。

我看来，一个不担任任何公职的年轻人①做一名年老的国王做过而未曾受到谴责的事，应该是可以获得谅解的吧。

　　现在我开始考虑选择何人作为我的同伴。在我看来，我的朋友中几乎没有一个人在各方面都完全适合，这也许会让你感到奇怪：即便是最亲密的朋友，在一切态度和习性方面都完全意气相投也是极其罕见的。这一个过于懒散，那一个过于活跃；这一个过于迟缓，那一个过于急躁；这一个过于阴郁，那一个过于开朗。和我喜欢的性格相比，这一个过于呆滞，而那一个过于活络。这一个沉默寡言，另一个飞扬轻浮，第三个人又肥又重，而第四个人既瘦且弱，这些因素都让我难以取决。这个人缺乏好奇心，而那个人又好奇心过重，二者都难尽人意。所有这些特性，不论多么难以忍受，在自己家里都不成问题：真挚的友谊能够忍受一切；它不拒绝负担。但是在旅途中它们就难以容忍了。于是，我的敏感心灵，出于对真诚乐趣的渴望而不是对友谊心怀不满，仔细考察并忖度了一切细节。它默默拒绝了计划出行中能预见到的一切麻烦。我认为我做了什么？最后

---

① 参见西塞罗：《论庞贝的统治》(De imperio Cn. Pompei) 21.
61；他在这里赞扬庞贝的勇气，因为后者在公元前 77 年接管了罗马军队的统治大权，而他当时不过是一名"布衣小儿"(adulescentulus privatus)。

我求助家人，向我唯一的兄弟——他比我年少，并且你对他也有足够的了解——披露了我的计划。他听了我的计划后再是欢喜不过，很高兴作为兄弟兼朋友随我出行。

我们在说好的那一天出发，并于当晚抵达马洛塞纳。这个地方位于旺图山北麓。我们在那里待了一天，今晨开始登山，每人随身带着一名仆人。从一开始我们就遇到了很多麻烦，因为山势陡峭，几乎无法接近。尽管如此，那位诗人的话很是恰切："坚定不懈的奋斗克服一切。"①

这一天白天很长，风也温柔；这和跃动的心灵、强壮而灵活的身体等等都一路伴随着我们的攀登之旅。唯一的障碍是当地的自然环境。我们在大山深处遇到一名老牧羊人，他花费了许多口舌劝说我们放弃登山。他说自己五十年前以少年激情登上最高峰，结果只带来悔恨和痛苦，他的身体和衣服都被岩石荆棘扯破划伤了。此前和此后都再没有听说有任何人做过类似的冒险。尽管他冲我们大声嚷叫，我们反倒因为他的警告而更加渴望登顶了：原来年轻人的心理是不肯听人劝的。这名老人看到他的劝告无济于事后，还陪着我们向前走了一小段山路，并指

_____

① 　维吉尔：《农事诗》（*Georgica*）i. 145—146；马克罗比乌斯（Macrobius）：《农神节》（*Saturnalia*）v. 6。

给我们一条陡峭的登山小径。他给了我们很多好的
建议,并在我们走出相当远的距离后还朝着我们的
背影反复叮咛。我们把自己的衣服以及其他不便于
携带的物品都送给了这位老人,一心登临绝顶,并且
生龙活虎地出发了。然而,就像几乎总是会发生的
那样,开始时的跃跃欲试很快就被接踵而至的疲劳
代替了。

　　我们在离出发地不久的一处山岩停了下来。从
那里我们继续前进,但无可否认,我们的脚步放慢
了,尤其是我,登山的步伐较前大为收敛。我的兄弟
努力从一条近道上的山脊处出发登顶;我则由于身
体较弱,朝着山谷走了下去。他叫我回来并指给我
一条更好的路;但我回答他说,我希望在另一头找到
一条更好走的路,而且只要好走就不怕路远。我试
图用这样的借口掩饰我的怠惰,可是当其他人已经
走到更高处的时候,我仍在山谷间穿行,并没有发现
任何好走的路,只是路越来越漫长,人也无谓地越来
越疲劳。最后我感到厌烦至极,开始懊悔误入歧途,
并决定全力攀越高峰。我劳累不堪地回到了兄弟身
边。他一直在等我,并已经美美地休息了很长一段
时间而恢复了精神。我们以相同的步速走了一阵。
然而,我们刚刚走过那处山岩,我就忘记了方才所走
的弯路,又一次走向较低的区域。我重新穿越山谷
寻找更长也更好走的路,结果再次陷入了更大的困

境。就这样，我的确推迟了登山的辛苦和不快。但是自然不为人类的设计所征服；有形的事物不可能通过下降而达到高峰。我能说什么呢？我的兄弟笑话我；我很恼火，这种情况在几个小时里接二连三地发生了很多次。我的希望屡屡受挫，最后干脆在一个山谷中坐了下来。在那里我思绪纷飞，从有形的事物想到无形的事物，并这样和自己说：

"你必须知道，你今天在登山时多次遇到的情况不仅发生在你身上，也发生在其他许多朝向幸福人生（the blessed life）行进的人身上。这一点不易被我们人类所理解，因为身体的活动敞然可见，而心灵的活动无法看到也不为人知。我们称为幸福的生活存在于最高峰顶。他们说'一条窄路'①通向它。许多小山拦住了去路，我们必须'从一种美德到另一种美德'向上攀登②。终点在最高处，那就是我们朝圣旅行的目标。所有人都想到那里。但如纳索（Naso）所说：'想望是不够的；始终企盼方能心想事成。'③你当然不仅是想望；你是在企盼，除非你像在其他许多方面一样在这方面欺骗自己。那么，是什

---

① 《马太福音》7:14（耶稣的登山宝训）。
② 这是教会作者习用的隐喻，参见坎特伯雷的安塞尔莫：《书信集》i. 43（Migne, *Patrologia Latina*, CLVIII, 1113, etc.）。在这里，作为一种友好的祝愿而用于问候。
③ 奥维德：《黑海书简》iii. 1. 35。

么阻止你向前呢？这显然不是别的,就是那条流连
于最卑劣的世俗享乐、第一眼看去轻松易行的道路。
不过,虽然深入歧途,你必须在艰苦奋斗的重负下登
上幸福人生的顶峰,尽管被重重阻隔,或是因为自身
的怠惰而躺卧在本人罪孽的山谷中。如果'死亡的
幽暗阴影'[1]在那里找到你(我现在说到这些可怕的
语词仍然恐惧战栗),你就必须在永恒的长夜中忍受
无尽的痛苦折磨了。"

　　你无法想象这些想法让我的身体和心灵在面对
前方未来时获得多么大的安慰。但愿我能像用双脚
克服一切障碍而完成今天的行程一样,用自己的思
想完成我朝思暮想的旅行! 同时我也很好奇,不知
完成敏捷和永恒的心灵"目不稍瞬"[2]即可完成的一
切,是否要比完成被沉重的四肢所累、注定会朽坏的
脆弱身体在时间进程中完成的一切远更容易。

　　这里有一座山峰高于他山。此处山林住户称之
为"梭尼"(Sonny),但我不明何故[3]。不过我想他们是

---

[1]　《诗篇》106(107):10;《约伯记》34:22。

[2]　《哥林多前书》15:52;奥古斯丁:《忏悔录》vii. i. i(参见莎士比
　　亚:《威尼斯商人》2 幕 2 场 183 行)。

[3]　尽管彼特拉克熟悉法国部的日常语言,但他还是误解了普罗
　　旺斯方言中*fiholo*一词的含义。今天在此山峰下仍有一处
　　"菲力奥利"泉(Font-filiole),附近不远的"combe filiole"山沟意
　　为"水道"或"山洞",不过山峰应是后来得名。参见 P. de
　　Champeville, "L'Itineraire du poete F. P. ", in *L'Ascension du Mt.
　　Ventoux*(Carpentras, 1937), p. 41。

反其意而用之吧,这有时也见于其他地方。因为它看起来的确很像周围山峰的父亲。山顶上有一小片平地,我们最后就是在那里休息解乏的。

我亲爱的神父,你已经听我讲了登山过程中心里的种种不快,现在继续听我说完吧。我请您花一点时间阅读我在某一天中写下的文字。一开始,我站在那里,面对异常开阔的视野,同时我被一阵从未经历过的狂风席卷,几乎全身麻木。我向四周望去:云气在我脚下聚涌,阿索斯山和奥林波斯山也变得不那么神奇缥渺了,因为我在一座不那么有名的山上看到了我曾听说和读到的关于它们的一切。我从那里远望意大利方向,我魂牵梦绕的家乡。阿尔卑斯山——罗马威名的凶悍敌人一度以醋(如果我们相信古人的传说)碎石开路而驰骋其间①——被冰雪覆盖冷冻。它们看起来很近,尽管十分遥远。我得承认,这时我深深怀念意大利的空气,它虽然不在眼前,却出现在了我的脑海中。我突然产生一种极其强烈的欲望,想重新见到我的朋友②和家乡。与此同时,我谴责自身心灵的软弱,因为这两种欲望显

---

① 据说汉尼拔在公元前218年远征阿尔卑斯山时砍伐林木烧山开道,并浇之以醋粉碎岩石(李维:《罗马史》xxi. 37;参见普林尼:《自然史》xxiii,57)。后世作者常以此为例论证汉尼拔在克服看似无法逾越的障碍时的才智。

② 此指法国隆贝(Lombez)主教贾科莫·科隆纳(Giacomo Colonna),他曾于1333年夏访问罗马。

示了它还不够成熟阳刚,尽管二者都不乏著名人物
的先例可援。

接着另一种思绪占据了我的头脑,我从沉思空
间转向沉思时间,并对自己说:"这一天标志了你尽
弃所学、离开博洛尼亚后第十个年头的圆满完成。
啊,永生不朽的上帝,恒久不变的智慧! 从那时起,
你在自身道德习性方面被迫经受了多少巨大的变化
啊。"我不想谈那些依然故我的部分,因为我尚未驶
入那个港湾,足以让我安然思忖自己一直所经历的
风暴。或许有朝一日我可以按照当时的情景依次回
想之前发生的一切,用您钟爱的奥古斯丁的这段话
作为开篇引言:"让我牢记自己以往的可鄙行径和灵
魂的放纵堕落吧,不是因为我爱它们,而是因为我爱
您,我的上帝。"①

在我身上还有很多可疑的和令人不安的东西。
我过去曾爱的,现在我不再爱了。但是我在说谎:
我仍然爱着它,只是不那么强烈了。我又说谎了:
我仍然爱着它,只不过更加怯懦和沮丧。现在我终
于说了实话,这就是:我在爱,但不是爱我应该爱
的,并且恨我应该希求的。我爱它,但这违背了我
的意愿,身不由己,同时心里充满了悲伤。对于自
身遭受的不幸,我现在切实体会到了这句名言的含

---

① 《忏悔录》iii. ii. 35。

义："我应当恨，如果我能；如果不能，就应当去爱，即便心有不甘。"①自从那种反常和邪恶的意愿——它一度全部攫取了我，并且牢牢统治了我的心灵——开始遇到抵抗以来，尚未满三个年头。为了争夺对我自身内二人（the two men within me）之一的领导权，一场顽强的、胜负未决的战斗在我内心深处长期肆虐而未有停歇②。

就这样，我反复思考过去十年中发生的一切。然后我打消了对以往时光的悲悔，并问自己："光阴易逝，假如你能多活十年而接近美德，就像你在过去两年中作为新旧两种意志交战的结果而摆脱先前的冥顽一样，那时你难道不能——也许不一定，但至少有合理的希望——在四十岁的时候平静地面对死亡，不再以逐渐老去的余生为意？"

诸如此类的想法不断在我胸中涌现，亲爱的神父。我为自己取得的进步感到高兴，同时为自己的不尽完美伤心落泪，也为一切人类行为的反复无常感到悲哀。就这样，我似乎忘记自己身在何方、因何

---

① 奥维德：《爱经》（Amores）iii. 11. 35。
② 两种对立的意愿在彼特拉克胸中交战，往昔的意愿使他身陷情欲不能自拔并阻碍其精神的提升，而另一种意愿则促使他不断走向完善。参见奥古斯丁：《忏悔录》viii. 5. 10，另见彼特拉克的十四行诗（第52首）。[译者按：所谓争夺自身之内"二人"之一的战斗，近似中国古人所说的大体-小体或"二心"之争。]

来到此地，直到被人提醒放下悲哀——对于这种情绪，另换一处也许更适合。我最好放眼周边，看看那些我计划来此想看的地方。是时候离开了，他们说。红日已经开始西下，山峰的阴影越拖越长。就像是从梦中惊醒的人一样，我蓦然转身眺望西方。从这里望去并看不到法国和意大利的界墙以及比利牛斯山的山脊，尽管没有什么我知道的障碍，不过是人眼的视力有限罢了。尽管如此，还是能够十分清楚地看到右边里昂省境内的山峰、左边马赛附近的海面和涌向艾格莫尔特（Aigues Mortes）的海浪，尽管从这里走到那个城市需要几天。罗恩河（the Rhone River）就在我们的下面。

我欣赏了每一处细节，一时玩味人世的快乐，一时效仿肉体之所为而将精神的目光转向天界，认为这时正可以读奥古斯丁的《忏悔录》——多蒙您惠赐此书，我将它悉心收藏并始终随身携带阅读，以此怀念它的作者和赠书之人①。这是一本小得不能再小的书，但却充满甘旨，令人回味无穷。我打开书，准备从第一眼看到的地方读起，无论讲的是什么；其实在这里能看到的，无一而非虔诚之言。我恰巧翻到

---

① Dionigi 赠送的这本小型手稿抄本《奥古斯丁忏悔录》一直陪伴彼特拉克，无论去哪里都随身携带，直到他临终前一年，那时他已无法阅读小字，于是把它送给了马西里（Luigi Marsili），作为他们友谊的象征。

这本书的第十卷。我的兄弟站在我身边,渴望从我口中聆听奥古斯丁的教海。我请上帝和身边的兄弟为我作证:在我目光最初停留的地方,我读到:"人们赞赏高山大海、浩淼的波涛、日月星辰的运行,却遗弃了他们自己。"①我得承认,我当时就惊呆了。我示意我的兄弟——他还想继续听下去——不要打扰我,然后合上书本,为自己仍然欣赏世间事物而感到懊恼。我早该学到——甚至是从异教哲人那里学到——这一点:"除却心灵,无一物值得赞赏;与心灵的伟大相比,无一物堪称伟大。"②

我对自己已然看到的一切感到心满意足并将心灵之眼(inner eye)转向了自己。从这时起,直到我们来到山下,人们没有听到我再开口讲话。奥古斯丁的话已经占据了我的心灵,足令我心无旁骛。我无法想象这是偶然发生的事件:我相信,我刚才读到的一切是就我一人而发。我想起奥古斯丁也有过同样的经历:如他本人所说,他在读使徒书信时首先看到这样一段话:"不可耽于酒食,不可溺于淫荡,不可趋于竞争嫉妒,应被服主耶稣基督,勿使纵恣于肉体的嗜欲。"③同样的

---

① 奥古斯丁:《忏悔录》x. 8. 15。
② 塞内加:《书信集》8. 5。
③ 《罗马书》13:13—14,奥古斯丁在《忏悔录》viii. 12. 19 中援引了这一段话。[译者按:此用周士良译文《忏悔录》,商务印书馆,1996 年,第 158 页)。]

情形也发生于安东尼：他在读福音书时看到了这段话："你若愿意作完全人，可去变卖你所有的，分给穷人，就必有财宝在天上；你还要来跟从我。"①如其传记作者安他那修（Athanasius）所说，他接受了主的训诫并付诸实行，就像《圣经》中的这段话是为他一人而发一样。正如安东尼读了这段话后一心精进、奥古斯丁读了另一段话后洗心革面一样，我读了奥古斯丁的话之后的反应，就是我在前面写下的那几句话。我暗自思忖，终有一死的凡人在空洞无物地夸耀展示时，往往忽略了自身内最高贵的部分而向外寻求那些应当内求的事物，这些人是多么缺乏忠告啊。我赞美心灵的高贵，假如它不曾自甘堕落、背离创造之初的原始状态而将上帝赐予它的荣耀变成了耻辱的话。

你知道我在下山时有多少次转身回望山顶么？在我看来，比起人类沉思达到的高度（只要它不会日后坠入尘世的污浊），它几乎还没有一腕尺高哩。与此同时，我每走一步都会产生这样的想法："如果你不后悔花了这么多力气和辛苦使身体略微接近了天堂一些，对于你的心灵难道不应该也这样做么？任何使心灵悚惧的痛苦、拘禁和折磨都使它努力接近

---

① 《马太福音》19：21。亚他那修在其《圣安东尼传》第 2 章中援引了这段话，并为奥古斯丁在《忏悔录》viii. 12. 29 中转引。

上帝而将高耸的傲慢之巅和凡人的命运踩在脚下。"以及这样的想法:"有多少人因为畏惧艰难或向往安逸而会不偏离此路呢?① 一个人——假如世上居然真有这样的人——能够做到这一点可真是太幸运了。我认为那位诗人在说下面这番话的时候,心中想到的就是这个人:

> 这个人是幸福的,他洞悉了万物的成因,并将一切恐惧、无情的命运和贪得无厌的冥府的喧嚣都踩在了脚下……②

我们是多么应当用尽全力征服那些被人类本能推动膨胀的激情而不是地面上更高的一个弹丸之地啊。"

　　当我浑然不觉脚下道路的崎岖难行、深夜回到黎明前从此出发登山的那个乡村小店时,上述情感在我心中引起了惊涛骇浪。这一晚月光长明,为夜间的流浪者们提供了友善的服务。当仆人为我们忙碌备饭时,我独自来到旅店的一个偏僻角落,一时兴起匆匆给你写了这封信。我担心写信的想法会时过境迁,因为事情一旦拖延,快速变化的场景就有可能导致心境的变化。

---

① 参见《马太福音》7:13—15。
② 维吉尔:《农事诗》(Georgica)ii. 490—492。

最亲爱的神父,就从这封信获知我是多么渴望向您毫无保留地倾诉心中的一切感受吧。我不但极其小心地把我的整个生命,而且把我的一切思想都向您呈露。我祈求您为这些想法祈祷,使它们最终不再动摇。它们迄今仍在到处游走,并因缺乏坚实的支点而徒属胡思乱想。但愿它们最终转向太一(the One)、至善(the Good)、全真(the True)和永恒常在者(the stably Abiding)。

再见。

4 月 26 日,于马洛塞纳

论自己和大众的无知①

——桂冠诗人弗朗西斯科·彼特拉克之书

致亚平宁(Apennine)出生的语法学家多纳图(Donato),同时献上一本小书

我的朋友,你现在终于拿到了这本早就答应给你、同时被你期待了很久的小书。这本小书谈的是一个大题目,即"论自己和大众的无知"。请相信我,假如我可以用学问之锤在创造天才之砧上敲出这篇作品,它得需要一头骆驼来运载哩。还有什么话题比一篇论述无知、特别是我自己的无知的文章更大、更广吗?你可以像在冬夜的炉火边听我讲故事那样读这本书,随我兴之所至而滔滔不绝。我称它是一

---

① *Opera*(Basel,1554),pp. 1123—1168;(1581),pp. 1035—1059;L. M. Capelli,*Pétrarque*:*Le traité De sui ipsius et multorum ignorantia*(Paris,1906);and P. Rajna,"Il codice Hamiltoniano 493 della R. Biblioteca di Berlino",*Rendiconti dell'Accademia dei Lincei*,XVIII(5a ser.,1909),479—508. 献辞时间为 1368 年 1 月 13 日,但发表于 Basel 版《作品集》之前。

本书,但它只是一场谈话。除了名字叫书之外,它不
具备任何书的特征:无论是它的体量,还是它的结
构;它不具备文体风格,尤其缺乏一本书的矜持郑
重,因为它是在赶路途中匆匆完成的。

尽管如此,我仍突发奇想称其为书,因为我想用
一份小礼物和一个大头衔来赢取您的垂青。我相
信,一切来自我的东西都会让您喜欢的。不过我这
是存心骗您。甚至在朋友中用这种方式骗人也是常
有之事。当我们把几个苹果或一些稀罕美食送给朋
友时,我们把它们盛放在银盘里,或者用纯白的亚麻
布包装起来。但是送去的东西并不因此变得更多。
它没有变得更加贵重,但是对接受它的人来说变得
更加宜人,而赠送的人也变得更有体面。因此,我把
本应称之为信的东西称之为书,就是用美丽的包装
使一个小物件变得更加体面。

本书有大量增删涂改,而且页边上写满了批
注①,但它不会因此而减价。它的外观有些损伤,但
是行文更显优雅,对此你的心灵一定能够欣赏。你
会更加意识到你我心灵何其相近,因为我以这种方
式写信给你,而你会把这些增删涂改视为亲密友谊
的象征。

另外,我不希望你怀疑这本书是我的作品;它出

---

① 　两份手稿抄本均是如此。

自我的手笔,你这些年来对此已经很熟悉了。我几乎是有意让它带着伤残来到你的面前,你会由此想到苏维托尼乌斯(Suetonius Tranquillus)谈论尼禄皇帝时说过一句类似的话:"我手上有一些袖珍书版和小册子,上面有他亲手写下的一些著名诗行。显而易见,它们不是从别处抄来或由他人口授,而是作者本人的手笔。"①关于苏维托尼乌斯,就说这些。

我现在不想再写了。保重,想着我。再见。

　　　　　帕多瓦,1 月 13 日晚 11 点,时卧病于床

致亚平宁出生的语法学家多纳图

难道我们必将永无宁日吗?难道这支笔必须不停战斗吗?难道我们永远不得放假休息吗?难道我们每天都得回应朋友的赞扬和竞争对手的恶意毁谤吗?难道世上没有任何藏身之所保护我们远离嫉恨,而忌妒心理无论多久都不能平复吗?难道我将永远不能通过逃离一切人类狂热争抢的对象而获得安宁休憩吗?难道本人日渐颓唐、疲困不堪的老年也不能最终给我带来缓解吗?忌妒是反

———————

① 苏维托尼乌斯(Suetonius):《尼禄传》第 52 节。

复发作的毒药。我的年龄早就免除了我对国家的
义务①，但却不能使我免于忌妒。我受惠良多的国
家不再有求于我，而我并不亏欠的忌妒却屡来扰
乱。我得承认，时代一度鼓励友好的文风。一种更
为平和的说话方式总是更契合我的天性，对我现在
的年龄也有好处。原谅我吧，朋友们，还有我的读
者，无论你是谁，请原谅我。特别是你，我无比挚爱
的多纳图，我向之倾诉这一切的朋友，请原谅我。
我必须说话，不是因为这是我要做的最好的事，而
是因为我很难不这样做。理性建议我保持沉默；但
是一种（如果我没有弄错的话）正直和高贵的愤怒、
一种正当的伤痛令我开口发言。尽管极其渴望和
平，我被投进了战争。你看到了，我们是再次被驱
赶向前、再次被迫来到一个严苛的法庭——我不知
道该称它是妒友（envious friendship）的法庭还是友
妒（friendly envy）的法庭。

　　居心不良的怨恨啊，如果你在朋友的心里都能
激起妒火，还有什么是你做不到的呢？我从前不得
不经历了许多事情，但我从来没有经历过这种邪恶。
现在命运让这种最严重和最坏的恶第一次出现在我

①　罗马共和国公民年届五十即可免服兵役，六十岁时则不必再
　　担任公职。参见塞内加《论人生的短促》（De brevitate vitae）
　　20. 4；李维《罗马史》xlii. 33；昆体良《演说术原理》ix. 2. 85。
　　彼特拉克开始写此书时甚至已超过后一年限三年。

的人生之路上。与敌人交锋经常产生有益的结果；就像有些人爱说的那样，对敌人的震怒是甜蜜的——打败敌人无论如何是甜蜜的。但与朋友为敌，结局无论输赢都一样的悲惨。不过，我既不是与朋友为敌也不是和敌人交锋，而是与忌妒作战。它不是一个新的敌人，尽管与之战斗的方式是新的。它携带弓箭来到战场，从远处放箭伤人。有一个好处是：它的眼是盲的。你只要及时发现就能轻易避开。它胡乱射箭而经常伤害自己的队伍。现在我必须刺杀这头怪物，同时保证友谊不受伤害。

当敌人紧紧倚靠在一起时，刺杀其中一人而不伤害另外一人自然是一件难事。我相信你记得尤利斯·凯撒曾在亚历山大之战中意外遇敌而身陷重围①。"然后他把托勒密王拉进了变幻莫测的战斗之中"，决心与之同归于尽。据信这是他得以全身而退的一个重要原因，因为爱托勒密而恨他的人感到难以在杀死敌人的同时救出他们的国王。我想你也没有忘记，在睿智的欧塔涅斯（Hortanes）和七名勇士将波斯从暴政中解放出来的那一天，其中一名同党"戈布里亚斯（Gophirus），在黑暗中抓住了两名暴君中的一个，并命令同伴痛下杀手，即便是刺穿他的

①　卢坎（Lucan）：《法尔萨利亚战纪》（*Pharsalia*）x. 458 – 464；凯撒：《内战纪》iii. 109。

身体也不要紧，以免暴君逃脱"。① 现在，神圣的友
谊号召我用我的笔尖刺向它正以另外一种方式拥抱
在胸前的妒恨，即便是刺穿它的胸膛也在所不惜。
在这样的黑暗中，认清这紧紧拥抱的二者是困难的。
尽管如此，我还是要试图这样做。那时，敌人倒地身
亡而戈布里亚斯安然无恙；现在，深重的忌妒将被击
溃消灭而甜蜜的友谊将得到拯救。如果友谊是真正
的友谊（这只能被真正的美德所成就），如果别无选
择，它宁肯自己受伤以使忌妒得到根除，也不愿独善
其身坐视忌妒继续其统治。

　　不过现在让我们最后言归正传吧。一旦我开始
谈它——甚至不等我谈它，如果我没有弄错的话——
你就和我一样了解它。也许你更了解它，因为朋友
总是关心对方的声誉超过关心自己的声誉②。我们
听到说朋友的坏话时，比听到说自己的坏话还要容易
义愤填膺。许多人并不介意他人对自己的侮辱，他们
由此获得赞赏，但是没有人能够心平气和地看到或听
到对自己朋友的侮辱。与自身受到冒犯相比，我们在

---

① 彼特拉克通过查士丁（Justin）《菲力比人史》（*Historia Phil-
ippica*）i. 9. 9. 23 中对希罗多德《历史》iii. 63—79 中相关内
容的简介而了解到公元前 521 年发生的这一幕，当时波斯贵
族反抗一名篡位者。在希腊语文本中，为首的两人是 Or-
tanes 和 Gobryas。尚不清楚彼特拉克为何采用其异体形式
"Hortanes"和"Gophirus"。

② 西塞罗《论友谊》（*Laelius, de amicitia*）6. 20。

朋友受到冒犯时更需宽宏大量才会不为所动。

另外，你怎么会不知道你本人最初向我揭示并痛心地看到我轻蔑戏谑对待的那些事物呢？因此，我将谈论你所知道的事物，并不是因为想让你更了解它们。你将了解到我多么反感妒忌，与我同仇敌忾，但不会悲悼他人之伤更甚于自身之伤。你还会了解到我用什么样的武器来反击它，我如何通过长期练习与勤勉实践学会对敌人的嘈杂狂吠充耳不闻，以及我如何在他们尖牙利齿的撕咬之下变得坚不可摧。

现在我要讲述的内容大致如下：

四名朋友按照他们平时的习惯拜访了我。这四个人的名字就不必细说了，因为你都认识他们。何况，与朋友交往的一个根本法则就是你在说朋友的坏话时不可提及姓名，即便他们在某些事情上表现得并不像朋友。根据性格或是其他机缘，他们总是两两结伴而来。有一次四人同时来访，他们神采奕奕、光彩照人，和我开始了愉快的谈话。我不怀疑他们是带着善意来的。然而，因为几个笑话，一种不祥的怨恨情绪浸润了更好的客人才配享有的心灵。这令人无法相信，但它真实发生了——如果它不那么真实就好了！这个人——他们爱戴和尊敬的这个人，他们不仅祝他健康幸福，并且通过登门拜访表达敬意，努力向他展现善意、服从和慷慨——就是这个人，现在成了他们忌妒的对象。人性中就是这样充满了或隐或现的弱点。

　　他们妒忌我什么呢？我必须承认我不知道，而且我在试图找出它们时也惊疑不定。这当然不是财富，因为他们每个人的财富都（如那个人所说）"像英格兰的鲸鱼大过那里的海豚"①一样远超于我。另外，他们都祝愿我更加富有。他们知道我拥有的一切都不过分，它们不属于我一个人，而是为了与他人分享。我的财产并不豪华，不过中等而已，并不至于招摇炫耀。他们知道这确实不值得妒忌。他们也不会妒忌我的朋友。他们当中的大部分人已经离世，同时我也习惯于和他们分享我的朋友资源，一如对待其他事物。他们也不可能妒忌我的体型。如果说我曾经有过不错的身材，那它也已经被侵蚀一切的岁月侵蚀殆尽了。感谢上帝无处不在的慈悲恩宠，我的身形就我现在的年龄而言尚属令人满意，但它自然早就不值得妒忌了。即便它还和以前一样，我难道会忘记——难道我曾忘记——童蒙时读过的诗句么："美好的身形是一项脆弱的资产。"②或如所罗门在教育青年的书中所说："艳丽是虚假的，美容是虚浮的。"③他们怎么

---

① 　朱文纳尔（Juvenal）：《讽刺诗集》（*Satire*）10.12。有时彼特拉克遵循中世纪作家中常见的文体原则，即征引前人作品时不提作者姓名。他总是称朱文纳尔为"那位讽刺作家"；在此处，他只是说"那个人"。

② 　奥维德：《爱经》（*Ars amotoria*）ii.113。

③ 　《箴言》（*Proverbs*）30:31。［译者按：应为《箴言》31:30］

可能妒忌我不再拥有的东西呢？我拥有它的时候即视为蔑如，现在就算重新获得，也会因为已经了解、体验到它如何反复无常而鄙夷至极。

他们甚至不可能妒忌我的学识与雄辩！他们宣称我绝无任何学识。至于雄辩（如果我当初有的话），他们也根据现代的哲学时尚对此不屑一顾。他们认为这配不上文人（a man of letters）的身份而拒之门外。因此，今天只有"婴儿般不能说话的能力"和不明所以的嗫嚅，以及西塞罗所谓一边努力睁着眼一边"困倦地打着哈欠"的"智慧"①得到重视。他们不曾想到"柏拉图，所有人中最雄辩者"和——其他人略去不谈——"温柔亲切的亚里士多德"②，因为这些人都被他们视为陈腐老朽。他们偏离了亚里士多德的道路：亚里士多德认为雄辩是哲学的雄伟装饰并努力将二者联系为一体，而他们却将雄辩视为哲学的障碍和羞耻，声称它"被演说家伊索克拉底的名声所掩盖"③。

他们甚至不会妒忌我的德性，尽管德性无疑是一切事物中最好的，也最能引起妒忌。对他们来说，德性似乎毫无价值——我相信这是因为它没有随着傲慢吹嘘膨胀的缘故。我希望拥有它；确实，他们一

---

①　西塞罗：《演说家》（De oratore）iii. 51. 98；33. 144—145。
②　西塞罗：《演说家》i. 11. 47。
③　西塞罗：《演说家》iii. 35. 141；《图斯库鲁姆论说集》（Tuscula-nae Disputationes）i. 4. 7。

致同意并心甘情愿地许予我以德性。他们拒绝给我
微小的物件，却把这份最贵重的资产抛给了我。他
们说我是好人，甚至是最好的人。但愿我在上帝眼
中不是一个坏人，也不是最坏的一个！然而与此同
时，他们又说我毫无智识，是一个根本没受过教育的
家伙①。这恰好和文人对我的看法背道而驰。至于
这有多少真实性，我并不关心。我也不在乎这些朋
友从我这里夺走了什么，只要他们对我的认可是真
实的。我将非常乐于将自然母亲(Mother Nature)和
天恩(heavenly Grace)的赐予在我和我的兄弟中间平
分，以便他们都成为文人而我成为好人。我希望自
己对文字一无所知，或只限于日常礼赞上帝之用。
但是，唉！我担心这个谦卑的愿望也会像他们的自
负想法一样落空。不管怎样，他们说我性格好，对友
谊十分忠诚；他们这次没有弄错，除非是我弄错了。

　　顺便说一句，这就是他们把我视为朋友的原因。
他们并没有被我研究高尚学术的努力所打动，也不希
望从我这里听到或学到真理。这简直就是奥古斯丁
在谈论安波罗修(Ambrose)时所说的："我开始爱上了

──────────

① 　按照古典同时也是当时的惯例，彼特拉克用"idiota"一词指
　　称没有受过高等教育的人，与"学人"(litteratus)相对，但在
　　他的时代这个词已逐渐具有"蠢人"(simpleton)的涵义，尽管
　　并无"弱智"(feeble-minded)之意。这一词义下降现象自然
　　受到人文主义"人"的概念(其中一项基本要素就是学识)的
　　影响。

他,不是作为真理的教师,而是作为一个对我好的人。"①或是西塞罗对伊壁鸠鲁的感受:西塞罗多处赞许他的为人,但是随时谴责他的心智并拒斥其学说②。

　　既然如此,他们到底妒忌我什么就很令人不解,尽管他们无疑是在妒忌我的什么东西。他们不善掩饰,而且在内心冲动的怂恿下也口无遮拦。对于既非心理失衡亦非愚蠢无知的人来说,这无非是激情泛滥的一个明显标志。只要他们嫉妒我(他们显然如此)而且没有其他对象,那么潜藏的怨毒无论如何都会自动向外扩张。他们嫉妒我,是因为一种东西,一种空洞的东西,无论它多么微不足道:我的名字和我毕生获取的名声——它也许名过其实,或者正合大众甚少称赞活人的传统习惯。他们一直眼红嫉妒的正是这个名声。但愿我现在和此前能经常摆脱它!在我记忆中,它带给我更多是伤害而不是好处,它让我拥有了若干朋友,同时也为我树敌无数。对我来说,这就像软弱之人戴着引人注目的头盔参加战斗一样:除了受到更多敌人的攻击,他们并未从这身光彩照人的行头中得到任何好处。我在盛年时期对此已不胜其烦;但它们如今愈演愈烈,祸害更甚当

---

① 《忏悔录》v. 13. 23。
② 西塞罗每谈到伊壁鸠鲁都会谴责他的哲学(《论道德目的》[De finibus] ii. 30. 98),但是他也坦承这位伟大哲人的人格无可指摘。

年。我现在就像是一块砧板，已不堪青年捶楚，更不足担此重任；但是上述祸害仍会从我并非罪有应得、之前也未曾对之起疑的某个地方，在我早已通过道德操守将其克服或它已随时间流逝而消失的某个时刻，出人意料地死灰复燃。

但是我会继续：他们自认为是伟大的人，而且当然也都富有，这是如今人类伟大的唯一表现。他们觉得自己（尽管很多人都在这个问题上自欺欺人）没有获得名声，而且（如果他们所料不差）永远没有希望获得名声。他们为此伤心憔悴，而恶的力量如此之大，结果他们像野狗一样对人——甚至对朋友——露出尖牙利齿而伤害他们所爱的人。这难道不是一种奇怪的盲目、一种奇怪的疯狂？彭透斯（Pentheus）的母亲发疯后就是这样撕碎了她的儿子①，而狂怒的海格里斯也是这样杀死了他的幼子②。他们爱我本人和我所有的一切，除了我的名字；但我并不拒绝改变我的名字。就让他们叫我瑟赛蒂兹（Thersites）③、科利卢斯（Choerilus）④或是他

①　奥维德：《变形记》iii. 711—728。
②　塞内加：《发疯的海格里斯》987—1023。
③　荷马：《伊利亚特》ii. 212—217；奥维德：《黑海书简》（Ex Ponto）iii. 9. 10 & iv. 13. 15。
④　科利卢斯因其所作亚历山大大帝颂诗而有诗人之目，但是名声极差。彼特拉克对他的了解来自托名阿克洛（pseudo-Achronian）者对贺拉斯《书信集》ii. 1. 233—234 的注释。

们喜欢的任何名字吧，只要我这样做能让这种诚实的爱不受任何约束。但是他们——作为焚膏继晷、孜孜不倦的学者——却更加无明火起而恼羞成怒了。

然而，他们当中为首的那个人并无半点学识——我告诉你的都是你知道的——而第二个人只有一点学识；第三个学识不多；第四个（我必须承认）颇有学识，但是未经训练而缠夹不清，即如西塞罗所说，"太过轻浮而妄自尊大，一无所知也许反而更好"①。如果没有遇合优秀的、受到良好训练的心灵，文字对很多人来说是疯狂的武器，而傲慢对几乎所有人也是如此。因此，他大谈而特谈飞禽走兽和鱼类：狮子的鬃毛有多少根毛，鹰的尾翼有多少根羽毛，乌贼用多少条腕足抓住一名海上遇难者，大象从背后交配并且孕期长达两年，最为驯顺强大并最接近人类智力的动物能活两三个世纪，长生鸟集香木自焚后再生，海星能拦住海船（无论航行速度多块）但是离开水便一筹莫展，猎人如何用镜子诱骗老虎，北欧的独目民族（the Arimasp）如何用剑攻击狮鹫怪兽（Griffin），鲸鱼如何翻身欺骗水手，新生幼熊没有形状，骡子极少产仔，蝰蛇产育一次便死去，鼹鼠眼瞎而蜜蜂耳聋，万物中只有鳄鱼

---

① 《图斯库鲁姆论说集》(*Tusculanae Disputationes*) ii. 4. 12。

使用上颚行走，等等①。

———————

① 彼特拉克嘲讽了那些零碎、不正确并经常是有意歪曲了的自
然史观念。它们让普通大众想到经院哲学的教育。除了头
三项（这似乎是他为使讲述更加生动而添加的内容），此外都
是他从普遍认为可信的参考资料中随意摘录的。其中许多
材料见于前一个世纪巴黎的百科全书作家布韦的万尚（Vin-
cent of Beauvais）编纂出版的《自然之镜》（*Speculum natura-
le*，约 1478 年初版）。这位渊博的学者其实只想提供一份关
于前代作家谈到的不同事物的大致分类名单，而彼特拉克也
读过其中大部分人的著作。另外，他也许参考了该领域内 13
世纪成书的其他作品，诸如 Alexander Neckam 的《论自然万
物》（*De rerum naturis*［此书编入 Th. Wright《中世纪作家笔
下的不列颠名物》（*Rerum Britannicarum mediiaevi scrip-
tores*），1863 年］）和 Bartholomaeus Anglicus 的《论万物本
性》（*De proprietatibus rerum*，此书短篇节译编入 R. Steele：
《中世纪传说》（*Medieval Lore*），伦敦，1907 年初版，1924 年
再版）。
　　彼特拉克引用的几处材料见证了大致可靠的观察并可最
终上溯至希腊科学时代，当时希腊学者已经摆脱了不加检验
而照单全收前人说法的传统。亚里士多德有过关于大象的孕
期、寿命和近乎人类的智力以及鳄鱼具有灵活的上颚、骡子不
能生育（《动物志》v. 14. 546b11, x. 46. 620b18 - 25, i. ii.
492b23 - 24；《动物的生殖》ii. 8. 747a24）的论断。这些论断被
普林尼的《自然史》（viii. 10. 28, 1. 1, 3. 6; x. 45. 128; viii.
25. 89, xi. 37. 159）和伊西多尔（Isidore）的《辞源》（*Ori-
gines*，xii. 2. 16; 2. 15; 6. 20）所继承。不过，亚里士多德
也需对"鼹鼠眼瞎"这一错误认识负责，因为他认为鼹鼠的
小眼睛完全被皮毛覆盖（《形而上学》iv. 22. 1022b26；《论
灵魂》iii. 1. 425a11）。他在一个非常引人注目的地方——
《形而上学》导论部分（i. 1. 980b23）——说到蜜蜂没有听
觉。事实上，他似乎后来对此表示怀疑，如其在《动物志》
（ix. 40. 627a15）中更加谨慎的措辞所示。然而（转下页注）

（接上页注）在大学时期读过亚里士多德《形而上学》的人都再清楚不过地记得这位哲人的说法，普林尼更佳的判断（《自然史》x. 20. 63）并未给他们留下持久的印象。

有些说法激怒了彼特拉克，被他视为明目张胆的谎言与厚颜无耻的捏造。据我们所知，这些说法源于对古代地中海东部和近东民族各种观念的诗性虚构。其中之一就是独目人(the Arimasp)的故事：根据古希腊传说，他们只有一只长在额头正中的眼，不断与看管人类世界东北角西徐亚人金矿的格里芬怪鸟(Griffin)争夺财宝（普林尼《自然史》vii. 2. 10)。长生鸟在世上一切生物死后自焚而从灰烬再生的美丽传说（普林尼《自然史》x. 2. 2 - 3；伊西多尔《辞源》xii. 7. 22)最初讲的是埃及赫里奥波里斯(Heliopolis)的太阳神鸟，后被视为耶稣复活的寓言而流行于基督教文献。

蝰蛇的反常生殖（据说它们咬破母体子宫破腹而出，于是为它们被妻子残忍杀害的父亲报了仇）保留了古代的伪科学知识（普林尼《自然史》x. 62. 170；伊西多尔《辞源》xii. 4. 10 - 11)。在亚里士多德的真实著作中没有一处支持这个说法，但是讲拉丁语的西欧地区轻易就接受了它，因为一种奇怪的词源学，即将"蝰蛇"(viper，拉丁文 vipera)解释为"暴力生育"(vi pariens)，发挥了影响。与之类似的一种词源游戏也让人们接受了关于小乌贼鱼（希腊语 echeneis，拉丁语 remora)的奇谈怪论：这种鱼长有吸盘，可依附于光滑的表面，具有令航船停驶不前的神奇力量。这后来被说成是海星，因为它们名字相似(echinus，普林尼《自然史》xxxii，前言 1 - 9；伊西多尔《辞源》xii. 6. 34)。在一篇有趣的文章(Speculum, XXII, 1947, p. 205 ff.)中，Pauline Aiken 教授证明这种两种不同动物的"接替变形"和许多其他对于古代语词的有趣误读一样必须记在康丁布瑞的托马斯(Thomas of Cantimpré)的账上。

认为母熊将新生小熊舔舐成形的说法初见于亚里士多德的《动物志》(vi. 30. 579a18)，作者在此指出包括熊在内的一组哺乳动物初生时小得不成比例，四肢都未（转下页注）

　　所有这些大部分都是错误的,当外国动物被带到我们的世界时这就看得很清楚了。被视为权威而加以征引的作家肯定没有考察过事实;上述说法都被草率地信以为真,甚至被肆意炮制,既然这些动物生活的地方离我们如此之远。而即便它们是真的,也不会对幸福人生有任何促进。请问,知道四足动物、鸟、鱼和蛇的习性却不了解人的本性、人生在世的目的、我们从何处来又向何处去,这有什么用呢?①

　　(接上页注)发育成形。这一说法是正确的,但在普林尼的《自然史》(viii. 36. 116)中就变成了我们所知的荒诞说法,即熊必须将幼崽压在子宫上温暖它们,不过看来是通俗拉丁语"熊"(orsus)、拉丁语"开始"(orsus)和"用嘴"(ore suo)的相近拼写造就了这个荒唐的故事(这个故事出现在公元2世纪之前,甚至是在埃里亚努斯[Aelian]的《动物史》这样一个希腊语文本中)。

　　在下述传说中保留了一个典型的闵豪森(Munhausen)[译者按:德国民间故事中的吹牛大王]式故事:猎人从母虎洞中偷走其幼子而遭到追杀,他们在逃跑途中设置了一面镜子,母虎看到自己的影像后误认为是她的孩子而向它奔去(普林尼在《自然史》viii. 18. 66中的讲述略有不用;参见伊西多尔《辞源》xii. 6. 34),猎人由此脱险。人们经常讲述的水手冒险故事也属于这一类:一群海员在鲸鱼背上登陆,误以为这是一个海岛,直到鲸鱼翻身入海。这类广为流传的"真实故事"后来被安进了例如爱尔兰人圣布朗当(St. Brandan)的西行海上传说。

①　彼特拉克区分无益的知识和促进人类体面而幸福生活的学识,正是他典型的奥古斯丁式态度。参见奥古斯丁《忏悔录》x. 8. 15;另见西塞罗《图斯库鲁姆论说集》。

我经常与这些文士（scribes）①探讨诸如此类的问题，他们极其博学，但了解的不是摩西律法和基督教法，而是（如其自称自赞的那样）亚里士多德的法则。我对他们直言不讳，以至于超过了他们习以为常而不以为意的程度：我在同朋友交流时，并未想到任何可能由此产生的危害后果。他们最初感到震惊，随后是愤怒，而当他们发觉我的言论指向他们的宗派和他们的教主时，他们就自己成立了一个委员会谴责无知的罪恶——不是我本人（对此他们无疑是热爱的），而是他们所仇恨的我的名声。要是他们请其他人来到这个法庭就好了！那样也许会听到和他们打算宣布的判决相反的意见。然而，为了使宣判和谐一致，只有这四个人被召集。关于那位不在场也无人辩护的被告人，他们讨论了许多不同的事项——不是因为他们意见不一，事实上他们想法一致，要说的话也一样，而是因为他们彼此争论不下，而且像专业内行的法官一样驳斥自己的判决。就这样，他们想通过对立反驳的细筛过滤、榨取真理而得出更加光鲜的结论。

关于第一点，他们说公众意见虽然支持我，但

① 在基督教《新约》中，"文士"用以指称博学的犹太文献管理员，但由于基督对他们的严厉批评，这个词后来等同于"伪君子"或"法利赛人"（Pharisees），特别是在《马太福音》第23章。

几乎不值得信赖。就此他们并未撒谎,因为大众很
难见到真理。然后他们又说我和最伟大、最博学的
人的友谊——我的生命因此而生色,我对着上帝也
会这样夸口——反对他们的判决。我和许多国王
都有亲密的交谊,尤其是西西里国王罗伯特,他在
我年轻的时候就多次明言称叹我的学识和天才①。
他们对此的回答是(在这里我要说显然不是他们的
恶意而是他们的骄傲自大让他们说了谎):国王虽
然在文学领域享有盛名,但是并不了解文学之事;
而其他人不管多么博学多才,他们或是因为爱我,
或是因为失察,在我的问题上都没有展现出足够敏
锐的判断力。然后他们又提出一个自相矛盾的观
点,说最近三位罗马教皇都争相邀请我——他们都
失败了,这是真的——到他们的私人府邸担任高
位②;而乌尔班本人(他现在是教会最高首领)过去
常常称赞我,还给我写来非常亲切友好的信件。此
外,现任罗马神圣帝国皇帝——现在还没有其他合
法的皇帝——把我视为最亲密的友人并每天都传

---

① 西西里国王"智者"罗伯特一直慷慨赞助彼特拉克,1341 他
　在罗马卡比托利欧广场加冕彼特拉克为桂冠诗人。参见威
　尔金斯(E. H. Wilkins):《彼特拉克的加冕》,《镜子》(*Specu-
　lum*)xviii,1943 年,第 180—185 页。
② 乌尔班五世(Urban V)的三位前任都希望彼特拉克出任教廷
　秘书这一重要职务,但他三次都拒绝了,虽然这可能会为他
　打开最上层的教会职业生涯。

话写信邀请我前来①，这也是远近皆知、无可置疑的
事实。在所有这些事例中，他们都感到有些人持之有
据地认为我一定有些价值。不过他们化解了这一驳
斥，声称教皇都和其他人一样都误入歧途，他们遵循了
一般大众对我的看法，或是被我良好的道德举止而非
学识吸引；而皇帝则是被我对过去的研究和历史著作
所折服，因为他们并不否认我在这一领域有些知识。

此外，他们还说我的雄辩构成了对他们的另一
反驳。我向上帝发誓，我完全不能承认这一点。他
们宣称这是一种相当有效的说服他人的方式。为某
一目的通过相互辩驳说服他人可能是一名演说家或
修辞学教师的工作，不过有很多人并无这方面的知
识，仅凭言辞也能成功说服他人。于是，他们将人工
技艺归结为天才，并且引用了下述广为人知的名言：
"雄辩滔滔，智慧渺渺。"②他们并没有想到加图对演
说家的定义即反驳了他们的指控③。最后，据说我

---

①　自1351年起，彼特拉克就一直努力敦促查理四世介入意大
利事务。皇帝本人从不情愿接受彼特拉克在政治事务方面
的建议，但是当彼特拉克于1354年来到罗马时，他极为亲切
地接待了对方，随后并多次将其邀至他的宫廷。

②　撒鲁斯特(Sallust)《喀提林阴谋》(Catilina)5.4.〔译者按：
此为直译，王以铸、崔妙音译作"他具有相当的口才，但是没
有什么见识"(《喀提林阴谋朱古达战争》，商务印书馆，2010
年，第111页)，更见原文精神。〕

③　根据被归在老加图名下的完美演说家的定义(老塞内加：《辩
论集》i.绪论9；昆体良：《演说术原理》i.绪论1.9；xii.1.44)，
无可指摘的道德品质是演说家的基本要求。

的文体风格与他们的观点相悖。他们不敢指责我的
文风,甚至也不敢太有保留地赞扬,而是承认它颇为
典雅、相当精炼,但是没有什么学识。我不明白何以
如此,而且我相信他们自己也不明白。如果他们重
新定下心来反复考量他们说过的话,他们一定会为
自己的愚蠢而感到羞愧。假如他们的第一个声明是
正确的(我既不会这样说,也不会让自己相信这一
点),那么他们的第二个声明则无疑是错误的。一个
人如果一无所知,他怎么可能拥有优秀的文体风格
呢?而他们既然无所不知,他们自己的文体风格又
为何一无是处呢?我们现在还要怀疑一切都是偶然
所致而拒绝为理性留出一席之地吗?

　　你还需要什么?或者你相信什么?我想你可能
期待听到这些法官的判决。嗯,他们审查了每一细
节。接着,他们注视着不知何方神圣——因为没有
任何想要作恶的神,没有任何忌妒或无知(我不妨称
它们是两重云雾包裹的真理)之神——宣读了这份
简短的终审判词:我是一个没有学识的好人。就算
他们从未说过真话而且永远不会说真话,但愿他们
最后这一次说了真话!慷慨大方的救世主基督、真
神、一切知识和理智的真正赋予者、真正的“荣耀之
王”和“一切美德力量之王”①啊,我的灵魂现在双膝

---

① 《诗篇》(*Psalms*)23(24):7—10;45:8 & 12(46:7 & 10;68:7;
　 69:6);79:20(80:19);83:2,4,9,13(84:1,3,8,12)。

下跪向你祈祷：如果你不愿给予我更多，那么至少让我做一个好人吧。我不可能是一个好人，我如果不深爱和崇敬你。我为此目的而生，并不是为了学识。如果学识不期而至，它总是膨胀、破坏，却一无建树。对于灵魂来说，它是熠熠生辉的镣铐、辛苦疲惫的追求和轰鸣不已的负担。上帝啊，我的一切欲望和叹息都向您展露，您知道：我无论何时冷静地运用学识都不为别的目的，只是为了成就善好。我并不是因为这个原因才自信学识可以成就善好，或是任何人没有您也可以做到这一点，尽管亚里士多德和其他许多人都曾这样保证①。我相信，在您而不是任何其他人的监护下，我走的道路会变得更加光荣和清晰，同时也会因为文学的助力而变得更加怡人。"洞察人心的你"②啊，你知道我说的话。我年轻时从不是这样的人，急于成名而（尽管我不否认自己有时也会这样觊觎）更希望具有学识而不是希望成为一个好人。我承认，我渴望兼美二者，因为人类的欲望是无穷无尽的，直到它在您那里安息，在此它不可能再有上升的空间了。我渴望自己既是好人

---

① 《尼各马可伦理学》ii. 2. 1103b24。彼特拉克拥有并阅读了该书的旧译本（林肯主教 Robert Grosseteste 约于 1259 年主持翻译，现藏巴黎法国国家图书馆拉丁文献特藏部，手抄本第6458 号）。

② 《诗篇》7：10（9）。

也有学识。现在我被剥夺了后一种可能,然而我要感谢我的审判者为我留下了更好的选项,只要他们在这一点上没有撒谎,在试图从我身上抢夺他们想要的东西时反而赋予我他们不具有的身份。我将在我的损失中获得安慰,虽然只是空洞的安慰。他们像嫉妒的女人一样对待我。如果问一个女人隔壁的女人是否漂亮,她会说那个女人很好、举止得体。她赋予对方一切——包括那些不真实的——优良品质,为的是剥夺她唯一的、也许甚至是真实的名号,也就是美丽。但是您,我的上帝,"知识之王"、"除了他没有其他神"①,我必须并且愿意将您置于亚里士多德和一切哲学家、一切诗人、一切"夸夸其谈、大言不惭"者与一切学说教条以及诸如此类的事物之上;您能真正赋予我那四个人只是虚情假意赋予我的"好人"。我向您祈祷,将它赋予我吧。所罗门欲求"珍贵的油膏"②之外的东西,我欲求"好人"之名也是一样;我要的是事物本身。我想成为好人,爱您并值得被您所爱(因为没有人像您那样回报自己的爱人)、思考您、服从您、寄望于您并谈论您。"让我避开一切不合时宜的话语,让我

---

① 《撒母耳记上》2:2—3。
② 《诗篇》1:22,25;19:18。[译者按:中文和合本《圣经》译文:"名誉强如美好的膏油。"(7:1)]

的一切思想为您做好准备。"这是真的:"强梁的弓
箭已被拿下,弱者具有了力量。"①一名信奉您的弱
者远比柏拉图、亚里士多德、瓦罗(Varro)和西塞罗
更为幸福,因为后者尽有知识却不知道您。"放在您
面前并仅次于您的乃是磐石(the Rock),他们的审
判者被推翻,而他们有学的无知(learned ignorance)
已显而易见。"②

　　因此,就让那些否定我学识的人拥有学识吧,或
者既然(除非我弄错了)他们不能拥有学识,就让那
些能够拥有它的人拥有它吧。就让他们对自己的一
切东西都拥有极端离谱的认识以及让许多无知之人
感到愉悦的"亚里士多德"这五个字吧。另外,让他
们拥有离毁灭不远的虚幻快乐和无根据的喜悦吧;
简言之,让他们安享那些无知自大之人由于暧昧的
轻信而从自身谬误中获得的好处吧。我将拥有谦卑
和无知、对自身软弱的认识、对于一切事物(除了尘

---

①　《诗篇》140(141):6 与《哥林多前书》10:4,载奥古斯丁《〈诗
篇〉详解》(*Enrratio*) CXL (Migne, *Pat. Lat.*, XXXVII,
1828);参见 *Fam.*, XVII, 2,41—42。

②　本语出自奥古斯丁《书信集》130. 15. 28(《教会拉丁语文献抄
本全集》*CSEL*, XLIV, 72),后成为库萨的尼古拉(Nicolaus
Cusanus)之划时代著作《论有学识的无知》的著名标题。这
位哲学家-红衣主教拥有一本根据两份手稿本誊抄的彼特拉
克《论无知》(Cues on the Mosel,库萨文库,抄本第 200 号),
这也许不仅是一个巧合。彼特拉克在此说明反对他的人并
不具备奥古斯丁所谓受圣灵的教导启示的幸福无知。

世和我本人，以及谴责我的人的傲慢）的蔑视，此外
还有我对自身的不信任和对上帝的仰望。最后，让
我拥有上帝和他们不妒忌我拥有的那种无知之德
（illiterate virtue）吧。他们听到这些会放声大笑，而
且会说我讲话和老妪一样虔诚而无知。他们这种人
因博学而亢奋自大，认为虔诚是最可耻的事物；然而
虔诚是真正严肃文学之士的最爱。所谓"虔诚即智
慧"①，说的就是后者。然而，我的说法会让其他人
越发坚信我是"一个无知的好人"。

　　现在我们该说什么呢，我最忠实的多纳图？我
和你说，是因为他们的恶意更多伤害到了你而不是
我：它实际上蛰了你。我们该怎么办呢，我的朋友？
我们该上诉更加公正的法官，还是保持沉默从而确
认他们的结论？我倾向于后一种做法。我希望你知
道我绝不拒绝等待第十天②的到来。此时此刻，我
默认任何审判者的裁决。我恳求你和一切与之有关
的人、一切对我有不同判决意见的人和我一起举手，
耐心接受这个判决并使之正当合法。我希望他们认
可我的那一点是正确的。我自愿坦白并自由宣布他

---

① 《哥林多前书》13:9。
② 在《故事集》(Novella) xxiii. 1 中，皇帝立法者查士丁尼（Jus-
　tinian）规定审判结果公布后十天之内的上诉被视为有效。

们剥夺我之所有的判决是正确的，尽管我断然否认他们是正当的审判者。他们也许会从他们的上帝亚里士多德那里寻求公理的支持：后者认为"每个人都善于判断他们了解的事物，对此事物他是一个好的审判者；在审判者众多之处，不可能有什么超过人们对该事物的了解。"①以此为口实，最为无知的人将是最有能力判断无知的人。但事实并非如此。只有明智的人才有权利判断无知、智慧以及其他任何事物——当然，他必须对他判断的具体事物具有明智的认识。无知的人判断无知，并不像音乐家判断音乐或语法学家判断语法。有些事物是因为极度匮乏而大量拥有。和大量拥有它们的人相比，旁人会有更好的判断。残疾人对残疾的判断比任何人都差，因为他对残疾已习以为常而看不到它在美好之人眼中是多么触目惊心。其他方面的缺陷也是如此。在无知问题上，没有人比无知之人的判断更加糟糕。我这样说并不是要拒斥法庭的判决，而是想让那些无知的人为他们的宣判感到羞愧（如果他们还能感到羞愧的话）。至于其他方面，我则接受判决，不仅是友好妒忌的判决，即便是敌意的妒忌判决我也照单全收。总而言之，任何说我无知的人都分享了我的自我认识。我每次想到自己多么缺乏自身心灵求

① 《尼各马可伦理学》i. 1. 1094b27。

索不得而为之叹息的知识时,我都沉痛地暗自认识
到了自己的无知。但是直到此世流亡结束而终结我
们仅能"部分有知"①的不完美状态之前,我只能以
"这是人性的常态(common nature)"的想法安慰自
己。我想一切善良谦逊的人都会这样想,从而学会
认识自己并获得同样的慰藉。这自然也适用于那些
甚至具有大量知识的人——就人类知识本性而言的
"大量",因为它本身总是很微小,而且只有当我们想
到它是在何其有限的情形下被获得并将它和其他人
的知识相比较时,它才变得"巨大"。试问,个体心灵
被赋予的最大量的知识是多么微不足道啊!的确,
一人之所知,无论他是何人,比起(且不说上帝的知
识)他自己的无知,乃是一无所有。我敢说,那些最
有见识的人具有最高的自我认识,也最了解自身的
缺憾,我将这种知识称为他们的慰藉。审判我的人
生活在他们的谬误中是幸福的,他们并不需要这样
的慰藉。我说他们是幸福的,不是因为他们的知识,
而是因为他们的谬误与骄傲自大的无知。他们自信
并不缺乏天使般的知识,但是毫无疑问每个人都缺
乏大部分人类知识,许多人甚至完全缺乏这种知识。

　　但是现在让我将话题转回自身。唉,我的朋友,
如果一个人活得太久,那么还有什么坏事不会在他

---

① 《尼各马可伦理学》i. 1. 1094b27。

身上发生呢? 谁能始终一帆风顺而不会在某个时候
发生变故,比如说活着变老? 人会老去,命运也一
样,人的名声亦复如是:一切属人的事物都会老去,
而(我一度还不相信这一点)甚至灵魂最终也会老
去,尽管它们不会死;这就印证了科尔多瓦(Cordo-
van)的话:"太长的生命败坏伟大的灵魂。"①这并不
是说灵魂衰老后必然继之以死亡。实际上发生的是
灵魂与肉体的分离,这通常被称为死亡,但它实际上
是肉体的死亡而不是灵魂的死亡。但是请看呐,我
的灵魂已经变得衰老而冷漠了。作为一个老人,我
现在亲身体会到自己少不更事时在牧歌中吟唱过的
感受:"寿数既已长,何事未曾经?"②仅仅数年之前,
我便以怎样的心情承受了这一切呀! 即便我用尽全
力,又怎能与之抗衡呢? 我每次读到拉贝里乌斯
(Laberius)的故事都充满怜悯之请,因为这显然也
预示了我本人未来的命运③。这个人作为真正的骑
士活了一辈子,六十岁时竟在凯撒的奉承敦请下粉

---

① 卢坎:《法尔萨利亚战纪》viii. 27—28。卢坎是西班牙科尔多
　　瓦人,属于彼特拉克极少称引名字的几位古典作家之一。
② 《牧歌》(Eclogue)ix. 37—38。
③ 凯撒以丰厚的报酬强迫拉贝里乌斯——他是一名罗马骑士,
　　同时也是一名成功的滑稽喜剧诗人——在他自己一部作品
　　中出演角色。拉贝里乌斯接受了这一要求,但他在开始表演
　　时向观众致辞悲叹自己的堕落,因为他担心自己辱没了骑士
　　的身份。参见马克罗比乌斯《农神节》ii. 7. 2—3。

墨登场,扮演全副武装从一名王公口中出现之类的把戏,从一位骑士变成了一个戏子。他本人并没有默然忍受这一耻辱,而是对此大发悲叹,其中有这样的话:"我作为一名骑士活了两个三十年,并且今天作为骑士而离家,但是将作为一个戏子回去。显然我比我应该活到的年纪多活了一天。"

我(请允许我这样自夸)少小离家,但是老大尚未还家。我从来不是一个真正有学识的人,但有时被大家认为是,而我几乎将一生都奉献给了学术研究。只要身体无恙,我很少有一天虚度;几乎没有一天我不是在阅读、写作、思考学术问题,或是倾听其他人的读书感受并向他们请教(如果他们不发言的话)。我不仅访问博学之人,也访问学术昌明之地,亟欲成为一个更有学识且更好的人。我首先去了蒙彼利埃(Montpellier),因为我在少年时住的地方离这里很近,接着去了博洛尼亚(Bologna),然后是图卢兹、巴黎、帕多瓦和那不勒斯。在那不勒斯——我知道我这样说会冒犯很多人——居住着罗伯特,我们这个时代最伟大的国王和哲学家,他的学识不亚于其王国的光荣。我的审判者说他无知,而我认为他们的羞辱在我几乎是一种光荣,因为我和这样一位伟大的王者共享无知,尽管我们两个人都可以和其他更知名、时代更久远的人共享这一称号。我将在本书最后谈论这一点。无论如何,全体世人与真理自身都对这位国王持有不同的看法。我当时还年轻，而他已经年老；我对他怀有最大的敬意，不仅因为他是国王——这个世界上有许多国王；我敬仰他，将他视为一位稀有的天才和知识的圣殿。我在地位和年龄方面与他都不可同日而语，但他对我格外关爱，许多那不勒斯人对此记忆犹新。我受到他的垂青，并不是因为我的才干韬略和风雅技艺（我对此一无所知），而是因为（如其所说）我的天才和学识。或者他是一名糟糕的评判者，或者我是一名糟糕的保管员，因为我虽然勤奋学习，却偏偏经常忘记我学到的东西。

另外，我在被人们不知为何①称为"罗马教廷"（Roman Curia）的教皇宫廷里度过了一生中的大部分时间，同时也是我研究生涯的黄金时代。五十多年来，它一直驻跸在罗恩河北岸，直到最近（甚至就是今年）才离开——但愿我们在圣徒乌尔班五世的领导和主持下（如果他得遂所愿的话）永远不再回来②。它回到了那个庄严神圣的城市、圣彼得的宗座——但愿我们永远不会离开那里。正是在这个"罗马教廷"和离它不远的地方，我在阿尔卑斯山外

①　彼特拉克经常假装对教皇的流亡宫廷〔译者按：Curia，音译作库里亚，古罗马公民大会〕被称为"罗马的"感到惊奇。
②　乌尔班五世于 1637 年 10 月 16 日将教廷迁回了罗马，但在 1370 年 9 月又被迫回到了阿维农。

的赫利孔（Helicon）——众泉之王索尔居（Sorgue）
即由此滥觞①，我生活了许多年。几乎所有基督教
世界的文人墨客都不断来到这里，我有机会见结识
他们每一个人。在我的赫利孔山，我找到了最适合
沉思的清静独处生活。而在"罗马教廷"，我几乎将
全部时间用于研究学术、上课听讲、向朋友宣读我学
到和写下的东西；我经常在我的赫利孔山周边徜徉、
沉思和祈祷（尽管我是一个罪人）、思考，极少依赖博
雅之学（liberal arts）以外的知识。与此同时，我见知
于上千名可敬的学术前辈并获得了他们的欢心。如
果我一一列举，这固然是美好的回忆，但名单势必会
太长。所有这些人都对我格外青眼有加，因为当时
我尚为青年，却已经在各处学术重镇获得博学之名。
现在我已年老，来自海港城市的四个年轻人剥夺了
我的这个名号。我的遭遇就像是拉贝里乌斯的遭
遇：年届六旬，我失去了自己的地位。我失去地位，
并不像拉贝里乌斯一样是因为演滑稽戏——这种表
演只需要一个人，但他至少是一个明达、老练的演
员，并在从事机械技艺的行当中拥有一席之地。我
失去地位是因为无知这种最低级的事物。但事情就

---

① 彼特拉克将 1377 年后他在阿维农附近的沃克吕兹（Vau-
cluse）拥有的一小处乡居称为他"阿尔卑斯山外的赫利孔"，
与他在意大利的夏日别墅形成比照。

这样发生了。

　　这就是我焚膏继晷刻苦研究学术的结果。在我年轻的时候，人们经常说我是一个学者。现在我老了，人们通过更加深刻的判断力发现我原来是一个不学无术的白丁。这或许令人难以接受，但是必须接受，就像接受危险、贫穷、劳作、痛楚、厌恶、流放、恶名这些人类必须遭遇的事物一样。让我们鄙视那种名不副实的名声吧，因为它必然会遇到反对者而自动崩溃。如果它实至名归，我们是不会反对它的，就像我们不会反对惩罚人类违法乱纪的行为一样。因此，如果我博学之名无虚，而仅凭几句话就被夺去这一光荣称号，我会对此大笑；如果这一荣誉名不副实，那么我不但愿意接受我的损失，还会为之感到高兴，因为这将使我摆脱一个并不属于自己的沉重负担，也免去了维持虚名之累。对一个强盗来说，失去他非法掠夺的不义之财比安然无事地享用它更好。一个人夺去另一个人的不义之财，这个人也许是不义的，但这一掠夺行为本身则完全正当。

　　就我而言，正如我之前所说，我宣布我同意判决结果，不仅因为它是公正的，即便它不公正我也同意。我不排斥任何审判者或强盗。名声固然难以获取而不易持有，特别是博学之名。每个人都全副武装准备发动攻击。那些无望获得名声的人也努力从博学的人那里夺去这一名号。你必须手中时刻拿着笔;你必须时刻耳听八方准备迎战。我不关心谁会解除我的烦恼和负担。无论是谁解救我,不管他这样做的目的是什么,我都会把他视为我的英雄而感恩不尽。无论我的"博学者"之名是真还是假,其中充满了辛苦的操劳。由于渴望和平与闲暇,我欣然放弃这一名号,同时想起塞内加说的话:"受到赞扬的代价是付出大量时间并大大烦扰他人之耳。一个文人! 让我们满足于'一个好人'这个更加朴实的名号吧。"①我听从你的建议,我杰出的道德导师;我对这个更朴实的名号感到心满意足,尽管根据我的观点这是一个更好、更神圣因而也更高贵的名号。我更要这样做,因为这正是我的审判者留给我的那个名号。我只是担心就连这个名号也是假的,但是我会努力让它变得真实。我会继续竭尽全力奋斗到生命最后一息。你曾在别处说到我必须具有向善的愿力(will-power)。如果意志可以完成这一任务,它就是善的;如果它只是发端,那么意欲向善至少是成为善的一个组成部分。就此而言,我希望我的"好人"之名真实不虚。

现在回头说我的审查官们。关于他们我已经谈了不少,但是还要再谈;因为我不想对您隐瞒什么。我不想被称为无知后又被说成愚蠢或鲁钝。学识是

①　《书信集》88.38。

一种外在的装饰；理性则是人的内在部分。我应该
为缺乏理性感到羞愧，就像为缺乏学识而感到羞愧
一样。我其实有充分的理由避开他们的圈套。他们
本来不会如此轻易地用诡计抓捕到我。我因自己的
纯洁而落入圈套，被我信以为真的友谊的美好外表
所蒙蔽。欺骗一个信任你的人可是太容易了。

　　我之前告诉过你，现在我再说一遍：就像那个十
分美丽和伟大的城邦中的许多居民一样，他们曾经
常来见我，通常是两个人一起来，有时是四个人。我
很高兴并像接待天使一样接待他们。我忘怀了一
切，因为他们完全占据了我的心灵而使我欢欣鼓舞。
我们马上开始长篇大论、内容各异的谈话，正如朋友
之间常见的那样。我没有注意自己说了什么或是怎
么说的。我当时的全部心思就是笑脸相迎并欢欣接
待上门来的客人。有时正是内心的喜悦迫使我保持
沉默，有时也是出于尊重，让他们在这种情况下不受
干扰地畅所欲言，而我出于喜悦之情，或者一言不
发，或者只说一些大白话。我并没有学会在朋友中
间伪装或掩饰什么。我习惯想到什么说什么，就像
和我自己说话一样与朋友坦诚交流。即如西塞罗所
说："没有比这更让人快乐的事情了。"①

　　如果朋友能够看到我们的内心、情感与全体人

---

① 《论友谊》6.22。

格,只要他们提问不是为了考验我们而是想向我们学习,我们为什么要在他们面前夸耀自己的雄辩或学识呢?在后一种情况下,我们不需要任何炫耀或美化,只需要信任地分享知识和一切其他事物,毫无保留,也不怀任何嫉妒之心。我因此经常奇怪为什么像奥古斯都皇帝这样伟大的君主会在日理万机之余为一些小事操心,例如他无论是对罗马人民和元老院还是对他的妻子与朋友发言,每说一个字都要三思而行,并且经常采用书面形式①。他这样做可能是为了避免一时失言说出浅薄或愚蠢的话,而使他的玉旨纶音被人指责或批评吧。当他高高在上像发布神谕一样诏告他的臣民时,这样做或许可以理解。但我喜欢和朋友随意简单地聊天。如果总得这样费尽周折才能达成雄辩,那么再见吧,雄辩!我宁可没有雄辩的口才,也不愿始终刻意卖弄学问地说话。当我和朋友与亲近的人在一起时,特别是当他们熟悉我的能力时,我总是会有这样想法。

最近我和上述四位朋友在一起时更是如此行事,而且出于对友谊的信任,不经意间落入了敌意毁谤的陷阱。我没有煞费苦心地字斟句酌,而是心里想到什么就马上说出来,甚至不等考虑成熟。他们根据预先定下的计谋诱我落网,检查我说的每一个

---

① 苏维托尼乌斯:《奥古斯都传》第84节。

字,就像我没有更好的谈话主题或更文雅的表达方
式一样。他们一而再、再而三地这样做,直到他们一
厢情愿地认为拿到了真凭实据。如果人们希望被说
服并事先已经相信,那么说服他们本是再容易不过
的事。这让他们和我谈话时更加胸有成竹,仿佛是
在和一个无知的人说话,并且(我现在相信)嘲笑我
的无知。我当时没有丝毫疑心。由于我没加防备,
而且孤身一人,于是被他们四人集体算计,还没有反
应过来就被赶进了无知群氓的行列。

他们经常提出亚里士多德的一个动物论题或问
题。我或是对此保持沉默,或是开个玩笑,或是转向
另一个话题。有时我忍俊不禁,反问对方亚里士多
德究竟是如何知晓那些既没有理据也不可能通过经
验证明的事物的。他们对此惊讶错愕,并因我的沉
默而愤怒不已。他们看着我,仿佛我是一个亵渎神
灵的人,居然要求神灵之外的证明来相信他的存在。
如果这样,我们就不再是哲学家和热爱智慧的人,而
是成为亚里士多德主义者,或者更确切地说,成了毕
达哥拉斯主义者。他们复兴了这种可笑的习惯:如
果"他"说过,那就不再有问题了。西塞罗告诉我们,
这个"他"就是毕达哥拉斯①。我当然相信亚里士多
德是一位伟大的学者,但他也是人,因此很可能并不

---

① 西塞罗:《论神性》(De natura deorum)i. 5. 10。

了解某些事物,甚至是许多事物。

如果这些人在其宗派允许范围内仍是真理之友的话,我还有更多的话讲。不过上帝呀,我不怀疑并且相信"他整个路走歪了"①,如俗语所说,这不仅涉及一些无关紧要、即便有错也无伤大雅的问题,更涉及一些最重要的问题,确切说即关于最高拯救的问题。关于幸福生活,亚里士多德的确在其《伦理学》开篇和结语处讲了许多②。然而我要冒昧地说一句(对此我的审判者也许会大声惊叫):他对真正的幸福根本一无所知,而任何一个虔诚的老妪、渔人、牧羊人或农夫都——我不想说更精于,但是他们更乐于——发现它的存在。因此,我很惊讶我们的拉丁作者如此推崇亚里士多德的著作,以至于认为此后再谈论幸福几乎是一种犯罪,他们即便在自己的书中谈到也是为它张目。

我这样说也许是胆大妄为,但事情确实如此,除非是我错了:在我看来,他看待幸福仿佛夜枭视日,只见到太阳的光芒而未见到太阳本身。亚里士多德并没有将幸福建立在坚实的基础上,就像建筑高楼一样,而是在异域他乡选择了一块摇摇欲坠的地基,

---

① 泰伦斯:《阉奴》(*Eunuchus*) ii. 2. 4. 245。
② 亚里士多德:《尼各马可伦理学》1. 2—13. 1095a15; x. 7—10. 1177a14 ff.。

结果未能理解——或是他虽然理解却忽略了——两件事物,而没有这两件事物就绝无幸福可言:信仰和不朽①。我已经后悔说他不理解或忽略它们了。其实我只应该说其中一种情况。信仰和不朽尚未得到理解:他并不知道这二者,他不可能知道也不会企望它们。当时照亮每一个世人的真理之光尚未出现②。他和所有其他人一样幻想自己向往的事物、向往每个人天性向往的事物而无法设想与之相反的情况:他们歌唱幸福,就像歌唱不在身边的爱人,并用言辞加以美化。他们并未看到它。就像因做了美梦而快乐的人一样,他们为绝对不存在的事物感到欢欣鼓舞。其实他们的生活很悲惨,而当死神的霹雳陡然响起之际,他们也会醒悟这一点,张大眼睛看清楚他们在梦中谈论的幸福生活真正是什么样③。

　　有人也许认为所有我说的这些都出自想象,因此是信口无根之谈。让他们读读奥古斯丁《论三位一体》的第十三章吧,在那里他们会发现许多关于这个主题的讨论,向那些哲学家——如其所说,“他们根据自己的愿望为自己塑造了幸福的生活”④——

①　《反贝拉鸠主义者》(*Adversus Pelagianos*)i. 19。
②　奥古斯丁:《论三位一体》(*De Trinitate*)xiii. 7. 10—8. 11。
③　参见拉克坦提乌斯(Lactanius):《神圣制度》v. 13. 15;奥古斯丁:《〈诗篇〉详解》*CXL* 19. V. 6。
④　《论三位一体》xiii. 7。

提出了厚重而犀利的反驳。我承认我之前多次说到
这一点，而且只要我说话还会谈到它，因为我相信我
说的是真理，未来也要讲述真理。如果他们认为这
是亵渎神明，他们尽可以控告我冒犯了宗教，不过这
样他们势必也要控告"不关心亚里士多德说了什么，
但是关心耶稣说了什么"①的耶利米。与此相反，我
不怀疑如果他们对此持不同意见，那么他们才是没
有信仰并亵渎神明的人。如果我改变这一虔诚、真
实并拯救灵魂的信念，或是因为热爱亚里士多德而
弃绝耶稣，那就让上帝拿走我的生命和一切我最挚
爱的事物吧。

　　就让他们是真正的哲学家和亚里士多德主义者
吧，尽管他们两者都不是；不过就让他们是吧：我并
不嫉妒他们炫耀——虽然是错误地炫耀——的这些
辉煌名目。同样，他们也不应当嫉妒我是一个谦卑
的、真正的基督信徒和天主教徒。但我何必这样要
求他们呢？我知道他们一定会发自内心地乐于从
命。他们并不嫉妒我们这样的东西；他们觉得这些
东西粗鄙简陋，比不上也配不上他们的天才。但是
我们怀着谦卑的信仰接受远更崇高的自然的秘密与
上帝的奥义，而他们则试图傲然攫取这些事物。他

---

① 参见拉克坦提乌斯：《神圣制度》v. 13. 15；奥古斯丁：《〈诗篇〉
　详解》CXL 19. V. 6。

们并未获取、甚至都没有走近这些事物,但是出于癫狂自认为获取了它们而与上天为敌。他们自信一切都在掌握之中、自以为是并为自身的谬误感到欣喜。他们并没有——我不愿说因为这种做法的不可能性——收敛自己的疯狂,即如使徒保罗对罗马人所说:"谁知道主的心,谁做过他的谋士呢?"①他们甚至没有想到《传道书》(Ecclesiastes)作者的这句金言:"不要谋求在你之上的东西,也不要探寻你力不能及的事物,但想着上帝分派给你的事物吧,不要追问他的诸多作为的原因,因为你无需得见隐秘的事物。"②这些我都不会说;而他们则将他们知道的所有上帝之言——我要说这是真正的真理——以及所有来自天主教立场的言论统统视为蔑如。不过,德谟克利特至少说过一句相当切题的妙语:"没有人盯着脚下的路看,他们仔细观察的是天上的世界。"③西塞罗也曾巧妙地反讽那些肆意争辩而又空洞无物的轻浮争论者,"他们仿佛刚从诸神的议事会走出"④,并亲眼

---

① 《罗马书》11.34。

② 《传道书》3.22。

③ 彼特拉克并不知道。这句因为西塞罗在《论占卜》(De divinatione)ii.13.30中曾加引用而被视为德谟克里特的名言实际上来自恩尼乌斯(Ennius)的戏剧《伊菲革涅亚》(Iphigenia),而现在我们从1820年发现的西塞罗《国家篇》i.8.30中得知了这一点。

④ 《论神性》i.8.18。

目睹了那里发生的一切。最后是荷马更为久远也更犀利的话:通过这些严厉的语句,宙斯警告——既不是一个凡人,也不是一般的神,而是他的妻子和姐妹、诸神的王后——朱诺不得妄自窥探他的秘密,或是竟然自以为可以与闻其秘①。

　　不过我们还是回到亚里士多德吧。他的光辉使许多视力暗弱的人夺目神驰,并使许多人跌入了谬误的阴沟。我知道,亚里士多德宣扬一人之治(rule of the one),就像他之前的荷马一样。翻译成我们的散文语言,荷马是这样说的:"多头执政(multidominion)并非善政,当令一人为王做主。"②亚里士多德则说:"法则众多并非善法,当使一人统治群伦。"③荷马意谓人间的制度,而亚里士多德意谓神的统治;荷马说的是希腊人的君主制,而亚里士多德说的是所有人的君主制;荷马让阿伽门农成为希腊联军的首领和王者,而亚里士多德则是让上帝——假如闪耀的真理之光此时已进入了他的心灵——成为人类之主。但我相信他并不知道这位王者是何许人,也不知道他有多么伟大。他兴味盎然地探讨了

---

①　《伊利亚特》i. 144—150;560—567。

②　《伊利亚特》ii. 204。彼特拉克的希腊语翻译皮拉图斯(Leontius Pilatus)用自创的拉丁文"multidominium"翻译了荷马原文中的"polykoiranie"。

③　《形而上学》xii. 9. 1076a4。

一些微不足道的问题，却没有看到一切存在中最伟大的那一个；许多目不识丁的人反倒看见了，他们并没有借助外来的光线，而是这一事物本身焕发出了迥然不同的光彩。如果我的那些朋友没有看到事实就是这样，那么我发现他们全然盲目而失去了视力，并毫不迟疑地认为一切视力正常者都会看到这一点，正如大家都会认为翡翠是绿色的、雪是白色的、乌鸦是黑色的一样。

　　当我说这并非我一个人的观点时，我们的亚里士多德主义者们会相对心平气和地忍受我的大胆妄为，尽管我说的就是他们。无论有多么无知，我确实是读书的，而且在这些人发现我一无所知之前，我还自信有所领会。我说我读书；但在我年富力强的时候，我读书远更刻苦用功。我仍然读诗人和哲人的作品，尤其是西塞罗的作品，我从少年时起就格外喜欢他的天才和文风。其中我发现了滔滔雄辩与文字的极致优雅和力量。但是他关于诸神自身（他曾以神性为题发表了许多作品）和一般宗教的种种言论，在我听来更像是一个精彩讲述的无聊故事。我暗自感谢上帝让我拥有平庸怠惰的禀赋，不至于随意徜徉并"寻求自己之上的事物"[1]，或是好奇地研究那些难以察知、一旦发现后却证明是恶的东西。感谢

----

[1]　《传道书》3.22。

上帝,我现在听到他人讥讽基督的信仰时,反而更加热爱基督,对他的信仰也更加坚定。我的经历就像是一个并不特别尽心的儿子,现在听到别人辱骂他的父亲,他那似乎沉睡的爱陡然燃烧了起来;如果他是一个真正的儿子,这种情形就一定会发生。我经常请基督本人作证,异教徒的亵渎神明之语使我从一个基督徒变成了一个更加热切的基督徒。尽管古代的异教徒通过许多寓言故事讲述他们的神,无论如何他们并没有亵渎神明;他们没有真神的观念;他们未听说基督之名——而信仰正源自闻听。使徒的声音传遍了大地,直至世界每一角落;但是,当使徒的声音和教义响彻全球时,他们已经死去并入土安葬了。因此他们更应同情而不是受到谴责。心怀嫉妒的尘土堵塞了他们的双耳,于是不得饮享那本可拯救他们灵魂的信仰。

在西塞罗的所有著述中,我从中获取最大灵感的是(如我先前所说)他命名为《论神性》的三部作品①。在此这位伟大的天才谈及了神并经常嘲弄和鄙视他们——当然,不是很严重。这也许是因为他畏惧获罪斩首②,甚至使徒们在圣灵来临之前也对

① 在下文中,彼特拉克整段插入了西塞罗《论神性》中的文字,他对古希腊哲学的认识主要即源于这些材料。

② 参见西塞罗《论神性》i. 22. 60—23. 63;拉克坦提乌斯《神圣制度》ii. 3. 1—6。

此感到惧怕①。他用非常有效果的笑话——他总是不乏这类笑话——嘲笑神灵,好让大家清楚他本人关于他所讨论的问题的想法。当我读到这些地方时,我常常悲悯他的命运,因其未能认识真正的上帝而暗自神伤。他仅仅死于基督诞生前几年。当充满谬误的漫漫长夜行将结束,真理马上第一次升起,他即将走向真理的黎明和正义的阳光之时,死神却阖上了他的双眼。呜呼哀哉!确实,如我之前所说,西塞罗在他撰写的无数著作之中,由于陷入流俗的谬误意见而很少谈到"神灵";不过他至少弄了神灵,而他早年间写作《论演说选题》一书时甚至说到"精勤致力于哲学者不相信有神灵(gods)存在"②。现在,这是一项事实:认识上帝(God)乃是真正的、至高无上的哲学,只要这一认识始终伴随虔诚和发自内心的崇敬。

同样是西塞罗,他在晚年写作论神——不是上帝——的著作时多有克制,那时他被天才的双翼引向了怎样的高度啊!有时你会觉得自己是在听一位使徒而不是异教徒讲话。例如,他在第一卷中这样反驳了捍卫伊壁鸠鲁哲学的威利乌斯(Vellius):"你谴责那些人看到世界及其肢体:天、地、海洋以及他

---

① 《约翰福音》20:19—23,"由于担心犹太人"一段。
② 《论神性》29.46。

们的标志——日月星辰——并发现季节变迁如何带来成熟、改变与各种变迁,还通过这样产生的壮丽工程而开始怀疑是否有一种制造、运作、统治和管理着这一切的伟大卓绝的自然。"①

　　在第二卷中他说:"当我们仰望天穹看到诸天体时,还有什么能比这更加显著地证明存在着某种心灵极为卓绝、统治一切事物的神圣存在呢?"在同一卷中,他又说:"克律西波斯(Chrysippus)的心思异常灵敏,可是当他说这些话的时候,他似乎是通过自然领会而不是自己发现这一点的。"他说:"如果万物本性中具有某种人类心智和人类能力无法制造的东西,那么制造它的那个存在当然是优于人类的。一切天体、一切具有永恒秩序的事物都不可能是人类制造的。因此,这一切的制造者优于人类。但是你将如何称呼他呢,如果不是神的话?"②此后不久他又说:"既然世界各个地方都这样造就而不可能更加适用和美观,我们不妨看看它们到底是偶然如此,还是若无一位理性行动的神灵(Divine Providence)操纵就绝无可能正

————————

① 《论神性》i. 36. 100。说这话的人是科塔(C. Aurelius Cotta),西塞罗将他作为谈话中伊壁鸠鲁主义和斯多亚主义的反对者代表。

② 《论神性》ii. 2. 4。此处及下述引文大多为书中斯多亚哲学的捍卫者包布斯(Lucilius Balbus)所说。

常运转。如果一切自然的造物都优于人工技艺的
制品，而人工技艺的制作必须依仗理性，那么大自
然很难被认为是无理性的。如果你看到一个雕像
或画板，你知道其中运用了技艺；如果你从远处看
到一艘行船，你不怀疑它被理性和技艺驱动；如果
你明白日晷或水钟指示时间是通过技艺而非偶
然，那么认为包含这些技艺和匠师以及其他一切
事物的世界缺乏思虑和理性，就显得自相矛盾了。
假设某个人将我们的朋友波希多尼（Posidonius）最
近制作的地球仪——它精确再现了天空中日月和
五大行星昼夜运转的情形——带到了西徐亚
（Scythia）或不列颠，这些蛮族地区的人有谁会怀
疑这个地球仪是根据理性制作的呢？然而那些思
想者无法确定我们这个世界——万物皆由此产生
并成其所是——是偶然性、必然性还是神圣理智
的产物。他们相信阿基米德成功模仿了天体的运
行，却不肯相信造化的力量，尽管在许多方面自然
设计之巧妙远胜过人工对它的模仿。"①

　　如你所闻，这一切都见诸西塞罗的著作。不仅如
此，他说完这些话后马上接过诗人阿基乌斯（Accius）
笔下那位"粗汉牧羊人"的话头，借着阿尔戈英雄（Ar-
gonauts）驾驶前往科尔基斯（Colchis）的那艘船着意发

---

① 《论神性》ii. 6. 16。

挥。当那位牧羊人从山上远远望见这一新奇事物时，他大感诧异而产生种种猜测：这也许是被风吹动而飞过海面的一座山，或是从大地深处抛出的一块岩石，或者是"裹挟一大片海浪的黑色旋风"①以及诸如此类的东西。接着他看到用力驶船前行的年轻人，"听到船上水手的号子"②，看到了英雄们的脸，然后他回过神来，摆脱了误会和诧异而开始理解这是一个什么东西。讲完这个故事后，西塞罗马上接着又说："这个人一开始认为自己看到了一个没有感觉的无生命物体。接着他看到更加清晰的细节而开始产生怀疑，不知道它到底是什么。与此相似，哲学家们最初看到这个世界时也许感到迷惑不解。然而，他们一旦发现世界的运动是有限的、恒定的，而且各种运动都具有精准的秩序和固定不变的法则，他们就被迫认识到天宇中有一神圣存在，他不仅与我们同在，而且是这一宏伟工事和纪念碑的统治者、监管人和建筑师。"③

　　西塞罗在《图斯库鲁姆论说集》第一卷中几乎原封不动地讲了同样的话。他在此说到："当我们看到这一切以及其他数不清的事物时，难道我们会怀疑

---

① 《论神性》ii. 34. 87。

② 《论神性》ii. 35. 89—36. 90。这里大段引用了悲剧诗人阿基乌斯（他大约生活在西塞罗三代之前）《美狄亚》（Medea）的原文。

③ 《论神性》ii. 35. 89—36. 90。

统治它们的是某种存在——这一存在或者创造了它们(假如它们是被生出来的,即如柏拉图所说),或者它是这一宏伟工事和纪念碑的统治者、监管人和建筑师(假如它们始终存在,就像亚里士多德乐于认为的那样)?"①

你看到西塞罗在这里描述了作为万物主宰和作者的单一神灵,其措辞不仅是哲学式的,更几乎是天主教式的。因此我赞同他在此提出的说法,更甚于他在《论神性》中继而提出的观点(事实上这来自亚里士多德)。虽然用意相同,但在那里说的乃是"诸神"。只要涉及神灵之名,对真理的探索就会受到质疑。此处文字如下:

> 亚里士多德说得好:"让我们假设某人一直生活在地下一处华美明亮的住宅,这里充满雕塑、画像和各种被认为是富贵之家的装饰。他从未来到地上,但是听说世上有强大的神灵。不久大地张开巨口,他得以从隐秘的居所来到我们居住的世界。突然之间,他看到了大地、海洋和天空,开始认识到云的壮观与风之威力,看到太阳并目睹其大美,还根据它的运转了解到阳光照耀大地而形成了白昼。此后夜幕降临,

---

① 《图斯库鲁姆论说集》i. 28. 70。

他看见满布星辰的天空、盈缩变化的月光、晨昏隐现昼去夜来的星辰及其恒常的运行并发现它们永恒不变。当他看到这一切时,他当然相信神灵存在,而所有这些奇迹皆是神灵所为。"其(即亚里士多德)说大抵如此。①

这个例子对西塞罗来说或许显得过于勉强和远离经验了。因此,他说到一件真实而非虚构的事情,它刚发生不久,人们对此记忆犹新:"现在让我们想象一种黑暗,就像埃特纳火山爆发后让邻里消失不见的那种黑暗一样,整整两天大家都看不到对方。第三天太阳升起,他们这才感到重新回到了人间。如果我们外人也遇到这种情况,突然见到光明的那一刻,天空将显得多么美丽啊!因为习以为常,我们不再对熟悉的事物感到惊奇,或是为它们寻找存在的理由。这就像是事物的新奇而非它们的重要性吸引人们深入研究它们的原因。设想一个人看到天空的运行和星辰的秩序安排计算得如此精确,万物又是如此和谐一致、相辅相成,而他认为其中并无理性

---

① 《论神性》ii. 37. 95。此处所说引自亚里士多德的失传对话作品《论哲学》。这段话给彼特拉克留下了深刻的印象,因为他可以通过西塞罗的拉丁文读到这些文字。他在自己的著作《待忆前尘录》(Rerum memorandum liber)"明智的言行"一章中插入了他对这段话的意译。

可言,并说无论怎样小心求证我们都不可能发现事
物背后的原因,因为它们只是偶然如此,那么我们会
说他是一个人吗?我们看到机械运转的事物,例如
天体、时钟等等。我们亲眼见到后难道不会相信它
们是理性设计的产物吗?当我们看到天体以惊人的
灵巧循环周转,于是有四时变化而恩养万物,我们难
道不会怀疑这一切都来自理性,而且是某种超然的
神圣理性?现在我们可以抛开一切细微繁难的争
辩,用自己的双眼去观看一切我们说由神灵(Divine
Province)引入存在的事物。"①

如我之前所说,朋友们,你们听到西塞罗说话更
像一名使徒而不是哲学家。这里说的每一个字听来
难道不像是使徒保罗对罗马人的发言么:"上帝已经
给他们显明。自从造天地以来,上帝的永能和神性
是明明可知的,虽是眼不能见,但借着所造之物就可
以晓得,叫人无可推诿。因为,他们虽然知道上帝,
却不当作上帝荣耀他,也不感谢他。他们的思念变
为虚妄,无知的心就昏暗了。"②请问,西塞罗反复陈

① 《论神性》ii. 38. 96—98。我们只是在一些讹本(法国特鲁瓦
   市图书馆——彼特拉克拥有的抄本即是其中之一——中才
   读到下述奇怪说法:"如果我们外人(externis)也遇到这种情
   况。"西塞罗的原话是:"如果我们走出永恒的黑暗(ex aeter-
   nis tenebris)后也遇到这种情况。"
② 《罗马书》1:21。[译者按:此处采用中国基督教协会和合本
   《圣经》中文译文。]

说世界由神灵创建并由神灵统治,他这样翻来覆去扰动(姑且这样讲)每一个人的耳目,其意究竟何在呢? 其意在于:聪明之士既然知晓世界万物的创造者,便应为自己离弃真福之源、流转于空虚无用的意见歧途而感到羞耻。

假如你不了解我,也许会对此感到震惊:我居然如此迷恋离西塞罗的天才而难以自拔。即使是此刻,我仍然被他所论述主题的魅力——尽管我对这些已不再陌生——以及他论述这些主题的方式所吸引,并让自己做我并不习惯做的事情:用他人的言论填充自己的微薄著作。为此我不但请求你的原谅,也请求其他读者的原谅。只要我显得拥有自出机杼的东西,我就穿着自己的衣服。现在我是一个可怜的知识贩子,被掳掠本人学识名声的四个强盗抢劫一空。现在我落得一无所有,如果我向他人乞讨,贫困就是我腆颜求告的借口。如果你问我现在遭受怎样的贫困,无知就是我心灵遭受的巨大贫困;除了罪恶之外,没有比这更大的贫困了。不过我不会把西塞罗的三本书都塞进我的这本小书里。今天我将不再转录西塞罗的话,尽管他经常在其他书里费尽周折论述大量诸如此类的问题,特别是在这三本书中,以便我们认识到万物的创造者与主宰——上帝的存在。

他的论证大致可以这样归纳:他几乎将一切天

上地下的事物都放置在我们面前:天穹与星辰、永固和丰产的大地、便利生活的海洋湖泊、变化的四季、风候、草木、动物,还有性情各异的禽鸟、野兽、鱼类以及由此产生的多种利好,诸如食物、手工制作、交通、医药、狩猎、建筑、航海等等无数技艺——这一切不是源于人类巧智的设计就是来自自然的规划擘划所涉及猎、见诸了东西。另外他还指出身体、感官、四肢并最终是理智和有意行为无一不具有令人惊叹的连贯组织和结构配置。他精心而雄辩地揭示了这一切。我不知道是否还有其他作者更加关注并更具洞见地探讨了这些问题。而他所做的这一切不过使我们得出如下结论:我们用自己的眼睛看到和用自己的理智察见的一切都是上帝为了人类的福祉而创造的,并且为神的意志和想法所统治①。而当他谈到个人时(如果我没有记错的话,他提到了十四位杰出的罗马领袖),西塞罗格外指出:"我们必须相信,他们如果没有上帝的帮助就不会成就其伟大";不久之后他又说:"若无神的灵感(divine inspiration),无人会是伟人。"②信仰虔诚的人无疑只能将"灵感"理解为圣灵(the Holy Spirit)。因此,姑不论他那举世无双的雄辩,有哪位天主教作家会改动他的说法呢?

---

① 本段文字为包布斯(Balbus)的发言辑要。

② 《论神性》ii. 66. 165—167。

我们的结论是什么呢？我可以将西塞罗列为天主教人士吗？但愿我可以。假如人们允许我这样做,假如赐予他如此禀赋的上帝像他允许世人那样也允许这个人认识上帝就好了！如果是这样,尽管真神不需要我们的赞美和凡人的语词,我们今天将在教堂中听到虽非更加真实和神圣(我想这不可能,也不应希冀)但却更为恢弘悠扬的赞美上帝的歌声。

然而,还是让我不要因为一两句漂亮话就全面推崇一个人的天才吧。我们判断一名哲学家不应根据他的片言只语,而是要考虑这些话的整体语境。我正是从西塞罗本人和先天的理性(inborn reason)学到这一点的。谁会粗鄙到有时连一句文雅的话都不说呢？但这就够了吗？经常一句话暂时掩藏了许多无知;经常明眸碧眼遮蔽了身体的丑陋缺陷。我们想万无一失地整体肯定某个人,就必须整体观察、考量并评估其人。有时优点之外恰恰隐藏着同样多(甚至是更多)的缺点。西塞罗本人在《论神性》中非常严肃、近乎虔诚地探讨了诸多问题之后,令人厌恶地回到了他的"神灵"。他论述了各个神的名字和特性,不再关注"唯一真神",而是倾心于"诸神"。请听他是怎么说的:"我们必须崇敬和礼拜诸神,最好的、同时也是最纯正的敬神方式(它充满了虔诚)就是以始终纯洁无瑕的心灵和声音来崇拜他们。"①

　　哎,亲爱的西塞罗,你说的什么话呀? 这么快你就忘了唯一真神和你自己。你把那个"卓越的自然"和"至为杰出的心灵的神圣存在"放到哪里去了? 现在那个"优于人类的神"和"一切人类理性无法制造之物的制造者"、"我们所见一切天体与永恒秩序的制造者"又在何方呢? 你将那"神圣天穹的共同居有者"和"这一宏伟工事和纪念碑的统治者、监管人和建筑师"置于了何地? 你曾在那篇美好的告白中分予他星空广厦,同时分派给他不足与论、不堪为伍的同伴——他鄙夷这些同伴,并通过一名先知之口宣称:"你们如今要知道:我,惟有我是上帝;在我以外并无别神。"②如今你试图偷渡引进上帝之家的那些新近的、声名狼藉的神灵又是谁呢? 他们不正是另一位先知所说的子虚乌有之类吗:"外邦的神都属虚无;惟独耶和华创造诸天。"③你方才说到天地万物的创造者而大令信仰虔诚的人心悦诚服,现在这么快你就将他和叛逆的造物、不洁的精灵归为了一类。你一句话就毁掉了你所有明智而审慎的论述。

　　可是我在说什么? 一句话? 不,是许多句话。

---

① 拉克坦提乌斯的《神圣制度》ii. 3. 1—2。这里保存了西塞罗《论神性》中佚失的一段话。

② 《申命记》32:39。

③ 《诗篇》96:5。

你经常——确切说是处处——像睡梦中的人那样
跟跄后退,敬拜你刚才嘲笑的神灵。你甚至把日
月星辰并最终是我们看到、触摸到并亲身践履的
整个有形世界,都说成是某种具有知觉的生物
和——你所能想到的最愚蠢的事物——神。的
确,你不是自己而是让书中人物包布斯说了这些
话①。这或许是学园派的谨慎吧②。然而在本书
结束时,你由于担心违背学园派的法则,不敢说我
们所听到的包布斯的观点更加真实,而是称它"更
像真理"③。如此看来,你一定赞成他的说法,并通
过他的辩驳表述了自己的看法。这样的话,你分
派给他人的东西其实是你本人所有之物,只不过
你宁愿按照柏拉图的方法通过笔下虚构人物之口
讲述自己的观点罢了。

诚然,包布斯本人在某处似乎谈到了单一之神,
尽管名称不一④。这是斯多亚哲人过去经常使用的
一种手法,其目的在于掩盖和捍卫他们的错误,以便
为荒谬的多神信仰寻找托辞。他们声称神所指为
一,只是名称有异。因此只有一个神,但他"在地上

---

① 《论神性》ii. 28. 71。

② 学园派(the Academic sect)的戒律是永远不对模棱两可的问
题发表意见。参见《论神性》i. 1. 1。

③ 《论神性》ii. 40. 95。[译者按:应为 iii.]

④ 《论神性》ii. 30—77,拉克坦提乌斯在《神圣制度》i. 5. 24 中引
用了这一说法,试图证明西塞罗有时表达了一神信仰。

被称为刻瑞斯（Ceres），在海中就是尼普顿，在天为宙斯"①，在火则为伏尔甘（Vulcan）。但是他声称，在异教作家笔下的神祇中有一位远超同侪之上并始终与之为敌，而且——略去其他不谈——他们的崇拜仪式也各不相同，这时每个人都一定能看出他们表面的托辞和伪装的真理是多么的敷衍了事。除非神是一个，否则不可能有真正的神。无论在哪里，他都一样，不增不减，从来没有也永远不会（哪怕是偶然为之）与自身发生抵牾。他不会乐于忽而变身绵羊，忽而变身公牛：他总是乐于接受人们奉献的赞美、忏悔灵魂和泪水的公正。无论天上地下，神都是一个，具有"同一实质与名称"。"被称为神学家的哲人们"——也就是说研究诸神而非唯一真神的神学家们——发现关于朱庇特的一切说法并不适用于唯一之神朱庇特，于是他们提出有"两个朱庇特"（包布斯所谓"一个是自然的，另一个是小说家言的"）甚至是"三个朱庇特"，即如西塞罗所说②。

　　一个人如果想知道这些空言遁词有多少说服力和价值，他会发现福尔米亚的拉克坦提乌斯③已在

----

① 《论神性》ii. 28. 71；i. 15. 40。
② 拉克坦提乌斯：《神圣制度》i. 11. 37；西塞罗：《论神性》iii. 21. 53。
③ 彼特拉克认为拉克坦提乌斯是那不勒斯附近的福尔米亚（Formiae）人，因为他的家族姓氏"Firmianus"（几乎肯定来自北非）有时被误写为"Formianus"。

其《神圣制度》(*Divinae institutiones*)第二卷中做出了
说明。有人谈到五个太阳和同样数目的墨丘利、狄奥
尼索斯和密涅瓦，四个伏尔甘、四个阿波罗和四个维纳
斯，三个阿斯克勒庇俄斯、三个丘比特和三个狄安
娜①、六个（据西塞罗所说）或四十三个（据瓦罗所说）
海格里斯②。他们这样说并不感到羞耻；但我们听到
这类话会感到羞耻，更谈不上相信它们了。我想知道，
谁能忍受这样的骗人把戏呢？所有这些说法都充满了
空洞的梦呓，我有时甚至为高贵的拉丁成语被如此滥
用、浪费在这些想法上面而感到怜悯和愤慨。在其他
事情上，每个人怎么想都可以；但是编造出五个太阳，
这难道不是异想天开的胡言乱语、荒诞不经的儿戏奇
谈么？传说"太阳被称为索尔(Sol)，因为只有(solely)
它发光照耀。"③另一方面，我们时不时听到几个太阳
仿佛同时出现——但并不是确实被看到——的奇迹，
这很可能是因为视力的缺陷或心智失常所致④。古人

––––––––––––

① 《论神性》iii. 21. 54—23. 60。神祇个体的名称根据数目重新
　　进行了排列。

② 《论神性》iii. 16. 42。塞尔维乌斯在《〈埃涅阿斯纪〉注疏》
　　(viii. 564)中援引瓦罗的权威说法，认为一切强壮勇猛的
　　英雄都曾被称为海格里斯。彼特拉克读到这段话时在页
　　边抄录了一段奥古斯丁《上帝之城》(xviii. 19)中的话，因
　　为他发现希伯来人的士师参孙也因为膂力惊人而被说成
　　是海格里斯。

③ 《论神性》iii. 21. 54；23. 27. 68。

④ 《论神性》ii. 5. 14。

特别是西塞罗也许会原谅我这样说:这个伟大的人花了许多精力编纂在我看来不应写也不应阅读的无聊传说,除非它们被人阅读知晓后能够唤起读者心中对三位一体和上帝的爱、对外来迷信的蔑视和对我们的宗教的敬仰。没有什么方法能让我们更加明晰地学会理解某一事物,除了将它与截然相反的事物进行对比。没有什么比对黑暗的憎恨更让我们热爱光明了。

如果我这样说西塞罗——我在许多方面都对他钦佩不已——你还指望我怎样评论其他人呢? 许多人以精妙的笔法描写了许多事情,有些人甚至采用了庄严、怡人和雄辩的形式。然而他们的文字中都混杂了虚假、危险和可笑的东西,仿佛在蜜中掺入了毒药。讨论这一切太花时间,而且偏离了主题。并不是在任何情况下我都有西塞罗的借口:并不是每个人都那样迷人;而且,他们论述的主题也许同样崇高,但是他们并不拥有西塞罗的美妙语言。我们经常看到:同一首歌由不同的人唱,或令人心旷神怡,或令人郁郁寡欢;不同的声音演唱同一首歌,其效果也大有不同。

我会为此提供一个例子。谁人不知毕达哥拉斯是一位杰出的天才? 然而我们也都知道他的"灵魂转世"(Metempsychosis)学说①。我不能相信任何

① 彼特拉克在他的两份手稿中(也包括其他地方)都非常自豪地用希腊语(尽管不是太准确)写下了毕达哥拉斯的这一术语。彼特拉克对毕达哥拉斯灵魂转世学说的了解来自拉克坦提乌斯的《神圣制度》iii. 18 以及奥维德的《变形记》xv. 160—161。

一个哲学家甚至是任何一个人的头脑能产生出这种
想法。但它确实产生了,而且由于它产生于一位伟
大的天才,其他具有伟大天才的人(如我们所见)也
被传染了。如果我敢的话,我倒是想谈谈这个问题。
但是我不敢,因此我想请福尔米亚的拉克坦提乌斯
替我尽情发言。在《神圣制度》一书中,拉克坦提乌
斯并不畏惧将我们在这里所说的毕达哥拉斯称为
"一个虚荣而愚蠢的老汉"、"一个极其轻浮无聊的
人,充满了可笑的虚荣心"。他以自由奔放的心灵和
笔调鄙视和拒斥了毕达哥拉斯想入非非的一派胡
言,尤其是他自称"前身曾是欧福耳玻斯(Euphor-
bus)"①的忮辞诡说。这是毕达哥拉斯学说的精义
所在,他正是通过这一学说在梅塔朋屯(Metapon-
tum)——他自称前生终老逝世于此前居住于
此——的轻信民众中获享大名,以至于"他的旧宅被
奉为神庙,他本人也被视作神灵"②,尽管他并不是
当地人。他自己没有把他的学说写成文字③,因为
我们知道他从不写作④,但他在口头阐述了这一学
说,后经他人记录成文。

---

① 拉克坦提乌斯:《神圣制度》iii. 18. 15—17。
② 查士丁:《菲力比人史》xx. 4. 16。
③ 查士丁:《菲力比人史》xx. 4. 16。
④ 奥古斯丁:《福音书一致论》(De consensus evangelistarum)1.
　　12。

　　谁没有听说过原子和原子偶然组合的学说呢？德谟克利特与其门徒伊壁鸠鲁让我们相信天地万物均由聚在一处的原子构成①。这两个人都唯恐胡言乱语讲得不够，居然提出了"无数多的世界"之说②。据说马其顿的亚历山大③听到这种理论后"潸然泪下，高呼自己尚未征服无数多的世界中的一个世界"④——这正是一个伟岸自负的灵魂发出的抱怨。当然，这一哲学流派的两名创始人在梦想无数多个世界时，他们连我们这个世界的千分之一尚未探索到。你肯定不会否认这一点：他们不仅博学、严肃、持重，而且显然无所事事，因为他们居然有时间去想这些事情。

　　有些人并未像上述之人那样阐述世界的无穷和空间的无限，而是论证我们这个世界永恒存在。对于这些人，我该说什么呢？几乎所有哲学家（除了柏拉图和柏拉图主义者）都持此看法，其中也包括我的审判者们，他们希望自己更像哲人而不是基督徒。

---

① 　查士丁：《菲力比人史》xx. 4. 16。
② 　西塞罗：《论神性》1. 24. 66；《学园派后篇》(*Academica poste-riora*)i. 2. 6。
③ 　即亚历山大大帝。——译者注
④ 　瓦莱里乌斯·马克西穆斯(Manius Valerius Maximus)：《懿言嘉行录》(*Facta et dicta memorabilia*)viii. 14, ext. 2。参见塞内加：《书信集》91. 17（显然参考了同一故事的另一版本）。参见戈蒂耶·德·莎蒂翁(Gautier de Chatillon)：《亚历山大》(*Alexandreis*)x. 320—321。

为了捍卫佩尔西乌斯(Persius)的一小行大名鼎鼎或者说臭名昭著的诗句"无物产生于无,亦无物返归于无"①,他们不惮于攻击柏拉图在《蒂迈欧》(Timaeus)②中提出的说法,甚至不惮于攻击摩西的《创世纪》、天主教信仰和基督浸润了天堂甘露的整个神圣拯救教义。仅仅是因为畏惧人类而非上帝的惩罚才使他们没有这样做。一旦惩罚不再令人畏惧而审判者遭到罢黜,他们便会攻击真理和信仰,在每一个街角暗自讥笑基督,同时崇拜他们并不理解的亚里士多德。他们将一切实际涉及信仰者均视为无知。

他们未敢公然反对正教信仰本身,于是转而攻击它的支持者。他们称后者愚钝无知,可是他们并不留意别人知道什么、不知道什么,而是一味关注他们是否赞成自己。任何反对意见都被他们说成是无知,尽管对犯错的人说"不"乃是至高的智慧。他们固执己见,而且因为任何自然事物都不可能从无中产生,他们便认为上帝对此同样无能为力。他们又聋又瞎,甚至对最古老的自然哲人——毕达哥拉斯的这个说法也充耳不闻:"上帝之力独自即可轻易完成自然无法做到的事情,因为自然之力正来自上帝。"难怪他们鄙夷并拒斥基督、众使徒和教会博士;

---

① 佩尔西乌斯:《讽刺诗》(Satira)3.83。
② 卡西底乌斯(Chalcidius)不完整的拉丁译本。

我只是好奇他们为何也鄙夷拒斥这位哲人。我们无权认为这些伟大的审判者没有读过这些文字。不过,他们可能确实没有读过。如果他们还有些羞耻之心的话,就让他们读一下卡西底乌斯《柏拉图〈蒂迈欧〉评注》的第二卷吧。

　　然而,我的建议不会有任何作用。他们以与其非圣无法旗鼓相当的卤莽灭裂鄙视一切倾向于虔诚信仰的话语,而不论讲话人是谁。他们希望扮演学者的角色,居然丧心病狂到认为,卑贱的侍女做不到的,全能的主人同样也做不到。此外,你可以在他们的喧嚣聚会中看到,他们一旦开始公开辩论,总是习惯强调他们希望在辩论时暂时将信仰拿开放到一边;他们这样宣称,是因为他们不敢直言不讳地承认错误。不过请问,这难道不是在拒斥真理后寻求真理吗?这难道不是舍弃太阳的光照,强行进入漆黑一团的地心深处,在黑暗中寻找光明吗?我们想不出比这更荒唐的事了。不要相信他们不是在做这类事,或他们不知道自己在做什么①。他们不敢公开宣布自己对宗教信仰的态度,而是通过隐秘的抗议来否认宗教信仰。他们否认宗教有时运用了亵渎神灵的诡辩,有时则使用了荒唐可笑、恶意编造的非圣无法的笑话。

----

① 　参见《路加福音》23:34。

　　西塞罗笔下的包布斯在听众的喝彩声中说到：
"无论是真心实意还是虚情假意，争辩神不存在都是
一种恶劣的、不虔诚的做法。"①作为一名崇拜异教
神灵的人，他说话虔诚，虽然他的虔诚是不虔诚的和
邪恶的。在崇拜真神的人看来，不择手段诋毁唯一
真神上帝的做法又将是如何得糟糕和不虔诚呢？如
果他们这样做是发自内心，那么就犯下了渎神的罪
行；如果他们是为了取乐，这也是极其愚蠢的游戏而
需严加申斥。不过，这正是我的审判者们所不理解
的。假如我不是一名基督徒，我是不会作为这样一
个无知的人出现在他们的法庭上的。如果他们将我
主基督都称作是"没有受过教育的人"，一个基督徒
在他们眼中又怎能是具有文学教养的人呢？没有文
化的老师的学生很难成就博学，除非他离开他的老
师。他们急切、大胆而无耻地否定这名教师和他的
学生，向他们狂吠并侮辱他们。他们最大的骄傲就
是说出一些他们自己和别人都不知所云的胡话。请
问，有谁能听懂一个连自己都不明白的人所说的
话呢？

　　这些人也没有倾听凯撒·奥古斯都的话，后者
在诸多其他心智成就之外也是一位雄辩的王者。如
其传记作家所说，他使用一种优雅温和的论说方式，

---

① 西塞罗：《论神性》ii. 67. 168。

并且下了很大功夫来尽可能坦诚地表达内心。他嘲
笑那些搜罗生僻隐晦字眼的朋友；他斥责一名政敌，
称他醉心写作是为了让听众赞叹而不是让他们听
懂①。的确，那些以此方式因其博学而获得恶名的
人是很怪异的。天才和学识的最大证明在于清晰。
一个人如果有清晰的理解，就能清晰地表达并将内
心深处的想法注入听众的心灵。在这个方面，他们
热爱却不了解的亚里士多德在《形而上学》第一卷中
有句话说得很对："能教人是有知者的标志。"②的
确，无知的教学是不存在的；即如西塞罗在其《法律
篇》第二卷中所说："不仅有知识而且能教人知识，这
是需要一些技巧的。"③

　　然而，这种技巧无疑是以理智和知识的清晰为
基础。尽管除了知识之外还需要这种技巧，但是说
到表达内心的想法并原样传达给他人，则这种技巧
并不能从晦涩的理智中提取出清晰的言辞。我们
的朋友从高处俯瞰我们享受光明，而不像他们一样
在黑暗中举步维艰。他们认为我们对自己的知识
没有自信并对一切事物都很无知，因为我们从不在
街巷和广场上讨论一切事物。他们拥有许多闻所

---

① 苏维托尼乌斯：《奥古斯都传》第 86 节。
② 亚里士多德：《形而上学》i. 1. 981b7。
③ 西塞罗：《法律篇》(De legibus) ii. 19. 47 8。

未闻的雕虫小技并为此感到欣然自得，因为他们已经学会对一切事物发表看法、一无所知却高谈阔论任何话题。羞耻、谦逊或意识到无知难以掩饰都阻止不了他们。我不想说普布留斯（Publius）的滑稽喜剧中有句台词应该能警醒他们："争论过多，真理消亡。"①但是所罗门的权威话语一定能："争辩中有太多空话"②；再如使徒所说："如果人人都好辩，我们就既无礼法亦无上帝的教会了。"③仍是使徒的话："小心不要让任何人以世间法的基本精神而不是以基督之道，用哲学和空妄之言欺骗你们。"④。

　　可我为什么要说这些呢？或者说我为什么要指望他们会信仰保罗呢？基督的这名门徒难道不是因为深得老师心爱而令他们愈加反感吗？有谁会听从一个讨厌的忠告者的话呢？当一名朋友拉紧缰绳时，他们并不就此安生下来，即便是亚里士多德也不行。他们深受本能驱使，大胆妄为，自居哲人而大肆吹嘘，虚辞炫耀己见，其中充满了邪恶的外来学说和空洞争辩。

---

① 马克罗比乌斯：《农神节》ii. 7. 10。在本书的大多数手稿中，Publius 这位剧作家的名字都是 Publilius Syrus，他与拉贝里乌斯（Laberius）为一时瑜亮，但是被误写为了"Publius"。

② 《传道书》6:11（据 Douai 本）。

③ 《哥林多前书》11:16。

④ 《歌罗西书》2:8。

一个人由于下面这类妄称而尤其十恶不赦：如我先前所说，这就是宣称世界和上帝一样永恒不灭。我经常因为听到这些亵渎神灵的说法而义愤填膺，而我们的朋友在各个街角反复宣讲这些异端邪说，西塞罗书中伊壁鸠鲁主义哲学的捍卫者维莱伊乌斯(Velleius)也如是发问："柏拉图能以何种灵魂之眼看到他让神得以建构世界的伟大工程？"[①]这种问题在一定程度上是可以容忍的，尽管它已经给出了答案。柏拉图用什么眼睛看到了这一切？他用灵魂的眼睛看到了这一切：我们用眼睛看到了不可见的事物，而他作为一名哲人用眼睛看到了许多事物并对其异乎寻常的灵敏清晰深信不疑，尽管信仰我们宗教的人看得更加清楚，但这并不是因为我们目力更佳，而是因为真理之光更加显耀。

但是谁能忍受得了下面的情形呢？维莱伊乌斯继而又说："他用了什么装备，用了什么网，又用了什么杠杆？他用了何种机械？建造这座恢弘伟岸纪念碑的工人是谁呢？气、火、水、土何以能服从并执行建筑工匠的意志？"[②]这是一个无虔诚信仰的灵魂提出的问题。维莱伊乌斯这样发问，仿佛事关一个木

---

① 　西塞罗：《论神性》i. 8. 19。
② 　西塞罗：《论神性》i. 8. 19。

匠或铁匠而不是上帝——但如《圣经》中所说:"他说了,于是就发生了。"①他未说一字,甚至没有像很多人想当然的那样花力气发布指令。他通过"同体永恒之道(Word)"、"太初便与上帝同在的道"、"与创造万物的父同为永恒实体"的"出自真神的真神"而言说②。的确,正是"他"从虚无中创造了世界;或如某些哲学家所说,他用未形之物(希腊人所谓"Yle",另有人称之为"Silva"③)创造了世界——即如奥古斯丁所说,正是"这一未形之物产生于绝对虚无"。上帝正是通过伊壁鸠鲁与其后学无法知晓、我们的亚里士多德派哲学家不屑于知晓(这种态度让他们比那些古代思想家更"难以令人原谅"④)的"道"创造了这个世界。就是猞猁也无法在暗中视物;一个在光天化日之下视而不见的人是彻底盲目的。

然而,维莱伊乌斯接下来的提问却不无道理:

---

① 《诗篇》33.9。

② 《约翰福音》1:1,并结合了《大众信经》(the Credo of the Mass)中的某处说法。

③ 卡西底乌斯:《柏拉图〈蒂迈欧篇〉注释》vii. 123;xiii. 268 & 351 等处。"未形之物"(unformed matter)这一哲学术语在大多数中世纪文本中保留了它的希腊语形式,特别是在亚里士多德作品的古拉丁语译本中,这很可能是蒙奥古斯丁哲学术语体系之力,如《反福斯图姆》(Contra Faustum Manichaeum)20. 14。卡西底乌斯为此术语提供的拉丁翻译从未流行开来。

④ 《罗马书》1:20。

"一个人怎么会在介绍世界是被创生的之后又说它是永恒的。"①同样,我们说这个世界具有一个开端并且会有一个终点。接下来的提问不免徒劳,却很常见:"我想知道,"维莱伊乌斯说到,"世界的创造者们为什么在沉睡无数世纪之后突然间醒了过来?"②提出这样问题的人没有注意到,如果这个世界是在十万年前或——因为西塞罗也提到巴比伦人的纪年为四十七万年③——此前甚至好几千年前被创造出来的,也可问同样的问题。一千个一千年,与无限相比也不过是短短几天罢了,即如《诗篇》作者所说:"对于你(上帝),一千年就像是刚刚过去的昨天。"④甚至更短,确切说它们是绝对之无。一天或一个小时之于一千年或一千个一千年,正像一滴雨水和整个大洋以及全部海水的关系。这滴水诚然极其渺小,但仍然可以比较,其中甚至存在着某种比例关系。但是几千年——或你能想到的任何漫长时段,直到它漫长到无以名状——和永恒相比,绝对是一无所有。在前一种情况下,有一至大无比之数,同时有一至小无比之数,但二者都是有限的。在后一种

---

① 西塞罗:《论神性》i. 8. 20。
② 西塞罗:《论神性》i. 9. 21。
③ 西塞罗:《论占卜》i. 39. 86;ii. 46. 97;拉克坦提乌斯:《神圣制度》vii. 14. 4。参见西塞罗:《论神性》ii. 20. 51。
④ 《上帝之城》xii. 13。

情况下,既有无限之数也有有限之数,这个有限的数目无论多大,与那个无限相比,都不过是零,甚至连小数目都说不上——伟大的奥古斯丁在《上帝之城》第十二卷中曾卓有成效地探讨了这个问题①。

　　正是这一困难迫使哲学家提出了世界的永恒性问题,因为他们想规避看上去在太长时间内无所事事的上帝。西奥多修斯·马克罗比乌斯(Theodosius Macrobius)在《西塞罗〈国家篇〉第六卷评注》第二卷里说到了许多人都有的这个意见:"哲学的权威意见认为世界始终由上帝建立,这固然是对的,但是在时间之外。时间不可能存在于世界出现之前,因为时间无非就是太阳的行程,时间即由此产生。"②但是这一点被西塞罗本人的说法所否定:"这并不意味着如果没有世界就没有世代(ages)——所谓世代不是指一定数量的日夜交替形成的时间,因为我承认年代不可能脱离世界的轮转而存在。但从无限久远以来就存在着一种无法用任何时间来限定的永恒,不过可以通过空间来理解。因为我们从来不会想到什么都没有的时间。"③奥古斯丁在《上帝之城》第十二卷几乎一字不差地加入了这段话。对于我们

————————

① 《诗篇》89:4。
② 马克罗比乌斯:《西庇阿的梦》ii. 10. 9。
③ 西塞罗:《论神性》i. 9. 21。

在此前段落中被告知的那种永恒,这位巧智甚于虔诚的人增加了"世上的大火与洪水"引发的各种变化。与之相应,它尽管实际上是永恒的,但是看上去随时间变化而(这么说吧)日新月异。

但是最后(尽管已经够晚了)让我回到开始的地方吧,我已经被一系列相关论题驱赶着偏离了航程。在这整个领域中,亚里士多德都必须极其小心地加以规避,这并不是因为他犯了许多错误,而是因为他拥有更大的权威和更多的追随者。

在真理或羞耻感的逼迫之下,他们也许会承认亚里士多德对神圣和永恒的事物认识不足,因为它们与纯粹的理智相距甚远。不过,他们会争辩说他确实预见到了一切人类的和时间性的事物。这样一来,我们就回到了马克罗比乌斯半开玩笑半认真地反驳这位哲学家时所说的话:"在我看来,没有任何事情是这个伟大的人不知道的。"①在我看来,这话反过来说才对。我不承认任何人能通过人的研究(human study)认识一切事物。这就是为什么我被撕成了碎片,尽管嫉妒另有其根源;这就是被宣称的理由:因为我不崇拜亚里士多德。

但是我另有崇拜者。他没有向我允诺对骗人事物——它们没有任何用处也没有任何根基的支

_____

① 马克罗比乌斯:《西庇阿的梦》ii. 15. 18.

持——的空洞无聊的猜测。他向我允诺了对于他的认识。当他应许了我这一点时，我如果再忙于研究他创造的其他事物——人们会发现它们很容易掌握，因此深入研究它们是可笑的——就显得太浅陋了。我能信赖的是他，我必须崇拜的也是他；我的审判者应当真诚礼敬的也正是他。如果他们这样做了，他们就会知道哲学家说了很多谎言，我指的是那些徒有其名的哲学家，因为真正的哲学家习惯于只说真话。不过亚里士多德并不在其中，甚至我们的拉丁哲学家认为"比所有古代哲学家都更接近真理"①的柏拉图也是一样。

　　我说过了，我们的这些朋友如此热爱"亚里士多德"之名，以至于认为在任何事情上发表和他不同的看法都是一种亵渎。由此他们获得了证明我无知的关键证据，即我谈到了德性（我并不知道这是什么），但是和亚里士多德的说法不同，而且不够具有亚里士多德的风格。很有可能我说了一些不同甚至相反的话。我说得也不一定糟糕，因为我"没有义务向任何大师的话宣誓"，就像西塞罗说自己的那样②。另外也有可能我说了和他一样的话，但是我的这些朋友总是不明就里便妄加评判，因此

① 　奥古斯丁：《上帝之城》viii. 9。
② 　《书信集》I. i. 14。

他们认为我说了别的什么。就像海上遇难者紧抓木板不放一样，大部分无知者执着于语词，并且认为一件事情不可能有比这更好的表达或是另外的措辞。我必须承认，他们用来表述概念的智力和语言是如此匮乏，我对那个人的风格（就我们所见）并无多大兴趣，尽管我早在被斥为无知之前就通过希腊古人和西塞罗的权威而了解到原文具有甜美、丰富和华丽的风格。或是因为他的翻译者卤莽灭裂，或是因为他们心怀嫉妒，今天看来他的文章风格粗鄙，不能充分满足我们的听闻，也无法给人留下深刻印象。因此之故，有时听者更乐于、说话者更便于使用自己的话而非亚里士多德的话来表述亚里士多德的想法。

此外，我不会隐瞒我曾向朋友多次讲述和现在必须写下来的那些话。我充分意识到威及本人声誉的巨大危险和对我无知的新的可怕指控。尽管如此，我还是要把它们写下来而不惧世人的审判。让一切地方的亚里士多德主义者们都听到吧。你知道他们将如何轻易唾弃独在异乡的旅人，我指这本单薄的小书；他们太想污蔑他人了。若非如此，这本小书本是可以照顾自己的。让它找一块亚麻布擦拭自己吧；只要他们不来唾弃我，我就心满意足了。让所有的亚里士多德主义者都来听它说，而且由于希腊人听不懂我们的话，那就让意大利、法国、好争执的巴黎及其喧闹不已的稻草巷(Straw Lane)①所庇护的所有人都来听它说吧。

如果我没弄错，我读了亚里士多德的全部伦理学著作，也听到过对其中部分作品的评论。在我的巨大无知公诸于世之前，我对它们似乎还有所了解。有时我或许通过阅读这些作品在回家时变得更有学识，但并没有变成更好的人或是我应该是的那种好人。我经常埋怨(有时也向他人抱怨)这位哲学家无论如何没有完成他在《伦理学》开篇部分许下的诺言，即"我们学习这门哲学不是为了获得知识，而是为了变得更好"②。我看到德性——以及它和恶(vice)所特有的一切——被他大肆标榜并以敏锐的直觉加以论述。当我学了这些之后，我比以前稍多了一些知识，但我的心灵和意愿一如既往，我本人也是一样。知道是一回事，爱是另一回事；理解是一回事，而意愿是另一回事。他教导了德性是什么，我不否认这一点；但是他的说教缺乏刺激和鼓舞人们好德恶恶的话语，或者无论如何说得不够有力。寻求这种意愿的人在我们的拉丁作家特别是西塞罗、塞内加和——这听来也许令人吃惊——贺拉斯那里找

---

① 中世纪时期，巴黎大学的大部分课堂都位于稻草巷(今 Rue de Fouarre)。参见但丁：《神曲·天堂篇》10.137，彼特拉克很熟悉这句话。

② 亚里士多德：《尼各马可伦理学》i. 1. 1094b23-1095a6。

到了它：后者作为一名诗人风格略显粗糙，但是他的
格言极是令人快意①。

然而，如果认识了德性而不去爱它，认识德性又
有何用？如果认识了罪恶而不去恨它，认识罪恶又
有何用？如果意志是恶的，那么当德性的严正和罪
恶的可爱变得显而易见时，它就能——上帝作
证——将懒惰犹豫的心灵驱向更坏的方面。我们也
不必对此感到震惊。亚里士多德曾讥笑苏格拉底这
位伦理学的创始人，称他是（用他本人的话说）"一个
道德贩子"而（如果我们相信西塞罗的话）"蔑视他，
尽管苏格拉底也同样蔑视他"②。难怪他迟迟不能
振奋人心并将之提升到德性高度。不过，任何一个
熟知拉丁作者的人都知道他们用最犀利、最热烈的
言辞深深铭刻和充塞了人心，于是怠惰者被振奋，疲
弱者被激发，昏睡者被惊醒，病患者被治愈，倒地者
被扶起，而在地上生活的人被引向最崇高的思想和
诚实的欲望。于是人间事务变得卑下，恶的面相激

---

① 奥维德：《变形记》v. 250—267。

② 亚里士多德：《形而上学》i. 6. 987b1。老旧翻译（translatio
vetus）的处理很容易让人产生误解，以为亚里士多德在此对
苏格拉底多有不敬。另外，彼特拉克引用的这一段西塞罗
（《论义务》i. 1. 4），其所用底本为"苏格拉底"而非"伊索克拉
底"（Isocrates）。在大多数情况下阅读古代文本时保持惊人
批判态度的彼特拉克似乎没有想到，亚里士多德出生时苏格
拉底已经死了十六年，因而不大可能蔑视对方。

起对邪恶生活的巨大憎恨,德性与"诚实的形象或面貌"被内在之眼察知而激发了对于智慧和自身的神奇之爱,"即如柏拉图所说"①。我十分清楚地知道,除了基督的学说,没有上帝的帮助,就不可能实现这一切:没有任何人能变得明智和善好,如果他未曾饱饮神圣的泉水——不是帕纳斯山上的飞马神泉②,而是来自天上的真实且独一无二的水源,即永恒生命之水的源泉。喝了这水的人再也不会感到口渴。不过,我方才谈到的那些作者也取得了很大成就。对于那些朝着同一目的赶路的人来说,他们大有助益。

这正是许多人对于他们诸多著作的想法,奥古斯丁也在心怀感激地回忆阅读西塞罗——他明言是《荷滕西斯》(Hortensius)——的经验时表达了类似的看法③。尽管我们的终极目标并不在于各种德性(但是哲学家们都这样认为),然而我们正是通过这些德性而直达目的地。另外我还要补充一句:我们不但要知晓这些德性,还要热爱这些德性。因此,真正的道德哲学家和有益于人的德性教师正是这样一些人:他们最初和最终的意图乃是让听众和读者成

---

① 西塞罗:《论义务》i. 5. 14。
② 西塞罗:《论义务》i. 5. 14。
③ 奥古斯丁:《忏悔录》iii. 4. 7;viii. 7. 17。

为好人，他们不仅教导何为德性、何为恶，并将其美丑灌输给我们，同时也在我们心中播下对最好事物的爱慕与渴望、对最坏事物的憎恨和逃离之法。追求善良虔诚的意志比追求干练明晰的理智更为安全。意志的对象（智慧的人为此感到惬意）是成就善行，而理智的对象是认识真理。前者从不缺乏功果（merit），但后者常被罪行玷污且不容任何狡辩。因此，花费时间学习认识德性而不是获得德性，或在更高程度上花费时间学习认识上帝而不是热爱上帝的人，都大错而特错了。此世之人断无可能完全认识上帝；我们只可能虔诚、热切地去爱他。这种爱在任何时候都是上帝的恩赐；而这种知识则有时使我们身陷悲惨境地——就像在地狱中面对自己认识的上帝畏惧觳觫的魔鬼所具有的那种知识。人们不会爱自己对之一无所知的事物；但是对于那些未被应许更多事物的人来说，了解上帝和德性达到这一步也就够了：上帝是一切善好事物的最为明晰、芬芳可爱和取用不尽的来源——我们由此、以此并在此成为可能成为的好人，同时认识到德性是仅次于上帝本身的善好事物。当我们了解到这些后，我们将全身心地为了上帝而热爱上帝，并且为了上帝而热爱德性。我们将崇奉上帝为生命的唯一作者，并将德性作为生命的首要装饰而加以培育。

　　既然如此，那么正像我的审判者所认为的那样，相信我们自己的哲学家(尽管他们并不是希腊人,特别是在德性问题上)也许不应受到谴责。如果我追随他们、同时也是根据我本人的判断说过一些话,而亚里士多德也说过类似或不同的话,我希望自己在更加公正的法官面前并不至于失去我的好名声。众所周知,亚里士多德惯于(即如卡西底乌斯在其《蒂迈欧篇》注释中所说)"用其特有的方式从一整套理论中挑出他认为正确的东西,并将其余弃置不顾"①。我可能因此说过他不屑处理或忽略了一些事物,他甚至也许根本未曾虑及。我可能确实这样说过;这与人性并无抵牾,尽管根据我们朋友的说法,它与那位伟人的名声并不相符——只要我说过类似的话——因为我记不清我说过什么了,而这些人用来攻击我的罪状既不特别真诚,也不足够确定,只是诉诸一些莫须有的怀疑和窃窃私语的暗示。这难道就是将我深深抛入无知的洪流,只因我在一点上出错——在这一点上我甚至也许并没有错,而是他们出了错——就指控我犯下各种错误的充分理由吗? 难道我必须被指控为总是犯错和一无所知吗?

在此有人可能会说:你说这些都是什么意思? 难道你也要向亚里士多德吠叫吗? 我绝不是针对亚里士多德,而是为了我虽不知道但却热爱的真理。

① 卡西底乌斯:《柏拉图〈蒂迈欧篇〉注释》xi. 250。

我是向那些愚蠢的亚里士多德主义者吠叫，他们每
天都喋喋不休地向人谈论他们仅知其名的亚里士多
德。我想亚里士多德本人和他们的听众一样最终都
会厌烦这些说法，因为这些人妄自歪曲他的说法，甚
至是那些正确的说法。没有人比我更热爱和尊敬杰
出的人了。对于那些真正的哲人特别是真正的神学
家，正用得上奥维德所说的话："任何时候诗人出现，
我都相信诸神亲临了人间。"①如果我不知道亚里士
多德是一个非常伟大的人，我是绝不会这样说他的。
他是一个非常伟大的人，这我知道；但正如我先前所
说，他是人。我知道从他书中可以学到很多，但是我
确信在此之外同样可以学到很多；我认为在亚里士
多德写作、研究学术甚至是出生之前就有人知晓很
多事物了。这里但提荷马、赫希俄德、毕达哥拉斯、
阿那克萨格拉、德谟克利特、第欧根尼、梭伦、苏格拉
底以及哲学之王——柏拉图②就可以了。

　　他们会问：是谁认为柏拉图是哲学之王呢？我的

①　奥维德：《哀歌集》(Tristia)iv. 10. 42。
②　荷马，见贺拉斯《讽刺诗集》(Satirae)i. 10. 50、《诗艺》(Ars
　　poetica)401；赫希俄德，见西塞罗《小加图，或论老年》15. 54；
　　毕达哥拉斯，同书 7. 23 等处；阿那克萨格拉，见《论神性》i.
　　11. 26 等处；德谟克利特，见《论占卜》i. 3. 5；阿波洛尼亚的第
　　欧根尼，见《论神性》i. 12. 29；梭伦，见奥古斯丁《上帝之城》
　　xviii. 25 等处；苏格拉底，见西塞罗《学园派后篇》i. 4. 15—
　　16。

回答是：不是我，而是真理——如人所说，他看到了真理，并且比其他人都更接近真理，尽管他并没有理解它。此外，有许多权威都将这一最高荣誉赋予了柏拉图：首先是西塞罗①和维吉尔（他诚然没有提到柏拉图的名字，却是他的信徒②），然后是普林尼③和普洛丁（Plotinus）④、阿普列乌斯（Apuleius）⑤和马克罗比乌斯⑥、波菲利（Porphyry）⑦和坎索利努斯（Censorinus）⑧、约瑟夫（Josephus）⑨以及我们的基督教作者安波罗修（Ambrose）⑩、奥古斯丁⑪、哲罗姆（Jerome）⑫，另外还有许多人。这即便不是尽人皆知，也不难得到证明。

---

① 西塞罗：《论演说》（De oratore）i. 11. 47；《论道德目的》v. 3—7。

② 奥古斯丁：《上帝之城》x. 30. 22—26。

③ 《自然史》vii. 30. 110。

④ 普洛丁：《九章集》iii. 5. 1；另见奥古斯丁《上帝之城》ix. 10，马克罗比乌斯《西庇阿的梦》i. 8. 5。

⑤ 《论苏格拉底的神》（De deo Socratis），第 691 页；《论柏拉图的学说》（De Platonis dogmate），见书中各处。

⑥ 马克罗比乌斯：《西庇阿的梦》ii. 15. 18。

⑦ 奥古斯丁：《上帝之城》vii. 25、x. 9—11。

⑧ 《论圣诞日》（De die natali）14. 12。

⑨ 《驳亚匹安》（Contra Apionem）ii. 31. 37（据 Rufinus 版本，《教会拉丁语文献抄本全集》XXXVII，124）。

⑩ 《论亚伯拉罕》（De Abraham）ii. 7. 37（《教会拉丁语文献抄本全集》XXXII，593）。

⑪ 《上帝之城》viii. 4、ii. 14；《驳学园派》（Contra Academicos）iii. 17. 37（《教会拉丁语文献抄本全集》LXIII，75）。

⑫ 《驳佩拉纠主义者》（Contra Pelagianos）i. 14（Migne，Pat. Lat. 506 D）。

　　除了那帮疯狂叫嚣的经院哲学家,还有谁不认为柏拉图是哲学之王呢?阿威罗伊将亚里士多德置于众人之上,他着手注释亚里士多德的全部作品并将其化为己有即证明了这一点。这些作品值得大力称赞,但其称赞者令人生疑。正是那句老话:"王婆卖瓜,自卖自夸。"有的人不敢写下任何属于自己的东西。但他们渴望著述,于是成了他人作品的阐释者。就像那些不懂建筑学的人一样,他们将粉刷墙壁当成了自己的职业。他们努力争取自己无望获取的赞扬,即便依靠他人的帮助也不行,除非他们兴奋莫名、没有节制并且往往言过其实地吹捧一些作者及其著作(这是他们努力研究的对象)。许多人注释——或者我应该说是毁灭?——他人的作品,今天尤其如此。《语录集》(*Book of Sentences*)就再好不过地见证了这一点。假如该书能开口讲话,它定会悲叹自己成了数以千计这类匠人手下的牺牲品①。没有一个评注者不曾赞扬被他视若己出的作

―――――――――

① 彼得·伦巴德(Peter Lombard),巴黎大学的伟大神学家(1160年后任巴黎主教)撰写了一本最具权威性的神学教科书,后世神学家(如托马斯·阿奎那)反复对它加以评注。彼特拉克在此带着明显的民族自豪感提到了这位乡贤,视之为促进了法兰西文明声誉的杰出外国学者。参见《斥高卢人》(*Invectiva contra Gallum* 18. 71, ed. Cocchia; Attidella R. Acc. Di Archeologia, etc., Napoli, VII (new ser., 1920), 184)。

品,甚至比对自己的作品还多有溢美,因为称赞他人的作品被认为是高风亮节的表示,但是称赞自己的作品则暴露了骄傲自大的心态。

就让我把那些选择了整本书的人略过不谈吧:其中一人,或者说其中最杰出的一人,就是阿威罗伊。众所周知,马克罗比乌斯不仅是一位杰出的作家,也是一位杰出的评注者,他在评注西塞罗《国家篇》——不是全书,只是其中一部分——时最后说到:"我必须宣布,没有任何一本书比它更加完备:它包含了全部哲学,而且是最完备的哲学。"①设想他说的不是一本书中的部分章节,而是所有哲学家的所有著作。即便用了更多语词,他也不可能表达出更多东西,因为对于完备状态而言,再多说只能增加累赘。因此,如果哲学家们已经写作和将要写作的所有著作合在一起居然能够包含或者将会包含完美以及它们最初并不缺乏、但是最后会缺乏的某种东西,它们难道还能包含比这种完美更多的东西么?

这个问题就到此为止吧。我知道(如我先前所说)我不仅通过提及这些伟大的哲学家,并且试图比较他们,而在敲击名声的硬石。人们加给我的无知之名(我从不拒绝这个指控)将为我的写作方式提供辩解,因为无知惯于使人出言无状并刺刺不休。演

---

① 《西庇阿的梦》ii. 17. 17(本卷结束语)。

说家们常常因为害怕失去名声或被人小看而有所收敛。现在我的这些朋友们的判决打消了我的畏惧。我还要怕什么呢？我已经失去的不可能再次失去，也不可能再有减少。无论我本人怎么看，它都正好等于我的朋友们的最后决断，或者稍微多一点：没有什么会比空无更少。

　　既然已经来到这里（不论是受到何种灵感的推动），最后我将尽力为自己寻找一条出路。我将回忆自己经常回复大人物提问的话语。如有人问："柏拉图和亚里士多德谁更加伟大杰出？"我并没有那么无知（尽管我的那些朋友认为我极其无知），居然敢于做出判断。我们应当慎重判断，即便是对不那么重要的问题也要三思后行。此外，我并没有忘记学者之间频繁发生剧烈的争执，例如西塞罗和德摩斯梯尼（Demosthenes）或西塞罗与维吉尔关于维吉尔与荷马或撒鲁斯特（Sallustius）与修昔底德的争执①，最后是关于柏拉图与其师门同道色诺芬的争执。在所有这些事例中，真相难以查明，而结论也将是可疑的。因此，谁会主持审理柏拉图和亚里士多德孰优孰劣的案件呢？然而，如果这样问："这两人谁更受到称赞？"我会

----

①　关于西塞罗和维吉尔、撒鲁斯特等人的争执，演说家塞内加（*Controversiae* iii. 绪言第 8 节）等人曾有说明。马克罗比乌斯《农神节》第 5 卷中的对话者曾不厌其烦地反复论证荷马与维吉尔孰优孰劣。

毫不犹豫地宣称：在我看来，他们的差异就像是一名
受到王公贵族称赞的人和一名受到平民大众称赞的
人之间的差异。柏拉图受到更伟大之人的称赞，而亚
里士多德受到更多人的称赞；二者都应得到伟大的人
和许多人甚至是所有人的称赞。通过人类天才和学
术研究的帮助，二者都在自然和人类事物方面达到了
人类的极致。在神圣事物方面，柏拉图和柏拉图主义
者造诣更高，尽管他们都未达到预期的目标。不过，
如我先前所说，柏拉图距离这一目标更近。对此没有
任何一名基督徒、特别是奥古斯丁著作的忠实读者会
犹豫不定，今天的希腊人也不会否认这一点，无论他
们如今在文学方面是多么的无知；他们遵循先人的说
法，称柏拉图是"神一样的"（divine），同时称亚里士多
德为"近乎神的"（demonious）①。

_____

① 在雅典学园，柏拉图被后世门徒尊奉为创始英雄。因此，不
仅所有时代的希腊作家，甚至罗马的崇拜者也都称他为"神
一样的"。见奥古斯丁《上帝之城》ii. 4 中 Antistius Labeo 所
说；西塞罗《法律篇》iii. 1. 16，另见《致阿提库斯信》xiv. 16. 3。
西塞罗在此称柏拉图是"他的上帝"，他在《论神性》ii. 12. 32
中则让包布斯称柏拉图"几乎是哲学家的上帝"。"神一样的
柏拉图"（Divinus Plato）和"近乎神的亚里士多德"（Daemo-
nius Aristoteles）的说法同时出现于普罗克洛斯（Proclus）的
《论天意、命运和人类的责任》（De providential et fato et eo-
qud est in nobis）一书之中（此书仅有 Moebreke1280 年的拉
丁文译本存世，见 V. Cousin：《普罗克洛斯未编稿》[巴黎，
1864 年]，第 150 页）。在《论占卜》1. 25. 53 中，西塞罗将亚
里士多德的称号译为了"近乎神的"（paene divinus）。

　　另一方面，我深知亚里士多德多么习惯在他的著作中攻讦柏拉图。他应该注意他这么做时有多诚实，而不会让人怀疑他是出于嫉妒。不错，他在某处宣称"吾爱吾师，但更爱真理"①，不过他更应反躬自问这一说法："与死人争论，此易事也。"②另外，许多伟大的人物在柏拉图死后都为他辩护，特别是为了他的理念论（亚里士多德对此不遗余力进行了猛烈攻击）。其中最知名并极有说服力的是奥古斯丁做出的辩护③。我相信虔诚的读者一定会赞同他的观点，就像他赞同亚里士多德或柏拉图的观点一样。

　　在此我想插句话来驳斥我的审判者及其赞同者的错误认识。他们惯常在傲慢无知地宣称亚里士多德写了很多著作的同时，紧随大众的意见形成自己的判断。他们这样说并没有错。毫无疑问，亚里士

---

①　亚里士多德对柏拉图理念论的反驳结论，见其《形而上学》一书(I, x, xiii, xiv)。正是在其中一段，亚里士多德试图确证他本人的观点，声称自己想到了柏拉图《斐多篇》中苏格拉底的忠告(91c)，即不要太多关注他本人，而要更多关注真理，继而声称："作为哲学家，我们必须为了真理而牺牲切身之物(ta pokeia)。如果两者皆为我们所爱，那么我们就必须(hoion)首先选择真理。"（《尼各马可伦理学》1096a16）我们在彼特拉克这篇文章中读到的意味深长的说法，早在 14 世纪即成为时人共识，尽管一般认为它不可能在文艺复兴时期之前出现。

②　参见普林尼：《自然史》前言第 31 节。

③　奥古斯丁：《论八十三个不同的问题》(De diversis quaestionibus)LXXXIII 46. 2(Migne, Pat. Lat. , XL, 30)。

多德写了很多著作,甚至比他们设想的还要多;因为
有些著作迄今尚无拉丁译本。不过,他们说柏拉
图——他们并不喜欢这个人——除了一两本小册子
之外别无著作。他们如果和他们说我无知一样博学
的话,就不会这样说了。我并不精通文学,也不是希
腊人。不过我家里有十六本以上柏拉图的著作,其
中他们可能连书名都没有听说过①。他们听到这个
消息后想必会感到惊异吧。他们如果不信,就来我
的藏书室看看吧。我的藏书室(我把它交给你管理
了)并不无知,尽管它的主人是。他们也不是不知道
这个藏书室。他们试探我的时候就常来至这里。请
让他们进来试探一下柏拉图是否也是没有著述而得
享大名吧。我想他们将发现情况如我所说,并承认
我虽然无知,却不是说谎者。这些最渊博的人士会
发现这里不仅有若干希腊文的柏拉图作品,还有一
些拉丁译本,所有这些书他们在别处都从未见过。
他们可以自行判断这些书的价值;至于数量,他们一
定不敢否认或质疑我的说法,无论他们多么喜欢与
人争辩。但这些不过是柏拉图全部作品中的很小一
部分。我曾亲眼见到他的许多其他作品,特别是在

---

① 彼特拉克早在 1354 年即拥有柏拉图对话的希腊语手抄本。
参见 R. Rendiconi, *Rendicontidel R. Institutio Lombardo*,
XLIX, 1906, 313。

希腊智慧的现代典范卡拉布里亚的巴拉姆（Barlaam
the Calabrian）①那里。他曾教过我希腊语，尽管我
对拉丁学术一无所知；如果不是因为死神像往常一
样嫉妒地将他夺走，从而使我的学习在起步阶段不
幸夭折的话，他本可使我取得长足的进步。

　　我散漫无方地谈论自己的无知而过于放纵了内
心和手中的笔。现在该回去了。诸如此类的原因把
我带到了我的朋友组成的友好然而不公——这真是
一种奇怪的组合！——的法庭之上。就我理解所
及，其中最重要的一项事实是：我虽为一个罪人，却
无疑是一个基督徒。不错，我很可能听到当年人们
对哲罗姆的斥责，如他本人记述所说："你说谎，你是
一个西塞罗主义者。因为你珍视的东西在哪里，你
的心也就在哪里。"②而我的回答将是：我的不朽珍宝
和灵魂中的更好部分与基督同在；但是，由于人世生
活的脆弱和负重——这些不但难以忍受，甚且无法
列举点数——我承认，无论我有多么渴望，都无法举
起灵魂中较差的部分（血气和情欲即存身于此）③，也

---

①　关于教授彼特拉克希腊语基础的圣巴西勒修会僧侣、卡拉布
里亚地区塞米纳拉（Seminara）的巴拉姆，参见 Lo Parco：《彼
特拉克与巴拉姆》（Reggio Calabria，1905）。

②　哲罗姆：《书信集》2. 22. 30（《教会拉丁语文献抄本全集》
LIV，第 190 页），同时引《马太福音》6:21。

③　将灵魂三分为理性、血气和情欲的说法最初源自柏拉图，这
在古代和中世纪拉丁作家笔下出现的相当频繁。

无法让它们停止眷恋尘世。我请基督作证,并向上帝发出吁求:唯有上帝知道我如何一再悲哀、愤怒地努力将它们从地面上拉走,并因自己未能成功而遭受到怎样的痛苦。基督也许会怜悯我并施以援手,帮助我的脆弱灵魂——它被自身罪孽拖累而意志消沉——努力取得成功。

与此同时,我不否认我惯于留意空虚和有害之事。但我并未把西塞罗也算在其中。我知道他从来没有伤害过我,而是经常施惠于我。没有人会因为我这样说而感到震惊,如果他听到奥古斯丁宣称他本人也有过类似的经历的话。我记得不久前我讨论过这个问题,而且说得更加明确。因此,我现在满足于这一简单声明:我不否认我欣赏西塞罗的天才与雄辩,既然连哲罗姆(姑且不论无数其他人)都迷恋他而无法摆脱他对自己文风的影响,即便是卢非努斯(Rufinus)在可怕的幻象(vision)中向他显现并进行辱骂也不行①。他的作品始终保持有西塞罗的风味。他本人也感觉到了这一点,并在书中某处为此表示了歉意②。

---

① 可怕的幻象、卢非努斯的辱骂,见卢非努斯:《为希耶罗尼姆斯声辩》(*Apologia in Hieronymus*) ii. 7 (Migne, Pat. Lat., XXI, 588)。彼特拉克收藏的一本西塞罗著作(特鲁瓦手抄本)正文前附的年谱中有一处大段引文讲述了这个故事,彼特拉克的说法即源于此。

② 哲罗姆:《驳卢非努斯》(*Apologia adversus Rufinum*) i. 30—31 (Migne, *Pat. Lat.*, XXIII, 423)。

　　如果抱着虔诚谦逊的态度来读西塞罗,则无论何时西塞罗都不会对他或其他任何人造成伤害。他对每个人都有益,就其雄辩而言,更在生活问题上对大众都有好处。即如我先前所说,这在奥古斯丁身上体现得尤为真实。奥古斯丁即将离开埃及时,身上、行囊中装满了埃及人的金币和银币①。命中注定要成为教会的伟大斗士和信仰的伟大代表,他早在投身战斗之前就用敌人的武器装备好了自己。当这些武器受到质疑时,我承认我一如既往地欣赏西塞罗,甚至超过所有国家中只要写过一行字的人。不过,我虽然非常欣赏他,却并不模仿他。相反,我努力反其道而行之,因为我不想成为任何人的出色模仿者,并且害怕成为我不赞成的那种人。

　　如果欣赏西塞罗意味着成为西塞罗主义者,那我就是一个西塞罗主义者。我如此欣赏他,甚至奇怪有人居然不欣赏他。这也许是我无知的又一表白。然而,当我们思考或谈论宗教也就是至高真理、真实福祉和永恒救赎的时候,我自然不是一名西塞罗主义者或柏拉图主义者,而是一名基督徒。我始

----

① 奥古斯丁从未离开埃及,他生前也从未去过埃及;不过他将自己从异教教师和作家那里学到的东西都用于其基督教生活,丰富和美化基督教文学,正如犹太人离开埃及时遵从摩西之命随身带上了他们向埃及人借来的金银器皿(《出埃及记》3:21—22,11:2,12:35—36)。

终相信如果西塞罗有机会见到基督并理解他的学
说,他必定会成为一名基督徒。奥古斯丁从不怀疑
柏拉图会成为一名基督徒,如果他在奥古斯丁的时
代重新活转,或是他生前就预见到了未来的话①。
奥古斯丁还说过,在他生活的时代绝大多数柏拉图
主义者都变成了基督徒,他本人也可算作其中一
员②。如果这一根基屹立不倒,那么西塞罗的雄辩
和基督教的学说又有何抵牾? 如果阅读异教徒的著
作不但无害甚至有益的话——使徒保罗所谓“定有
得到赞同的异端邪说向你显明”③,那么研习西塞罗
的著作又怎么会有害呢? 此外,任何一名虔诚的天
主教徒,无论他多么无知,在这方面都会远比柏拉图
或西塞罗更加得到我的认可。

　　因此,这些都是能更有效地证明我无知的证据。
上帝作证,我为他们的正确深感快乐,甚至祝愿他们
日益正确下去。诚然,我完全同意一些杰出人士的
说法,即无论多么有名的任何哲人,甚至是哲人之神
亚里士多德,假如今天复活并成为基督徒,那些骄傲
无知的人也会说他粗鄙无知。出于傲慢的无知,他

---

① 《上帝之城》xxii. 27。
② 《论真的宗教》(*De vera religione*) 4. 7 (Migne, *Pat. Lat.*, XXIII, 423)。
③ 《哥林多前书》11:19;奥古斯丁:《论真的宗教》8. 15 (Migne, *Pat. Lat.*, XXXIV, 199)。

们将居高临下地俯看他们之前敬仰的这位哲人,仿佛他正是因为从红尘世界的多言无知转向圣父的智慧而忘记了先前所学的一切:真理如此稀有,而它又是如此受人憎恨。据说维克托利努斯(Victorinus)在教授修辞学时是一位名人,"值得立像纪念,而人们也在罗马市场为他立了像"①。我并不怀疑,一旦他公开自己对基督和真宗教的信仰,他就被那些傲慢的魔鬼崇拜者们(奥古斯丁在《忏悔录》中告诉我们,维克托利努斯因为惧怕他们而甚晚皈依)视为愚蠢和十足谵妄。我怀疑奥古斯丁本人也是如此。我甚至更加怀疑这一点,因为他更为杰出,他皈依基督教也更加引人注目。如他在《忏悔录》中所说,当他放弃了米兰的修辞学教席,在最虔诚和圣洁的真理引路人安波罗修的指引下领悟到了天国的智慧,不再是西塞罗的评注者,而是即将成为基督的教士,这让基督及其教会的敌人大为震怒和哀伤,但让信仰虔诚的人欢欣鼓舞而心满意足②。

　　现在我告诉你我曾经听到的一个关于他的故事,因为我想让你明白这种病是多么可怕、容易传染和深藏人心。有一次,我向某位大名人引用了奥古斯丁的一句名言,他深吸了一口气后说道:"像他这

———————

① 奥古斯丁:《忏悔录》viii. 2. 3。
② 奥古斯丁:《忏悔录》ix. 5. 13。

样的天才居然深陷空虚无聊的故事之中,真是可惜!"

我回答说:"你这样说多么可悲啊!如果你真这样认为,那就太可悲了。"

但他微笑着反驳说:"正相反,愚蠢的人是你,如果你相信你说的话,虽然我对你有更高的期望。"他对我还会有什么期望呢,除了默然赞同他对虔诚的鄙视之外?

以对上帝和人类的爱为证,在这些人的判断中,任何人都不可能成为文人(a man of letters),除非他也是一个异教徒和疯子,而且同样孟浪无礼,作为一个两脚动物在每个市镇的大街小巷为了四脚的动物和野兽争辩不休。怪不得我的朋友们宣布我不仅无知而且疯狂,因为他们无疑属于这种人,他们鄙夷虔敬而无视其践行的态度,并将虔信宗教的做法视为胆怯。他们认为一个人如果不敢呵斥上帝、反驳天主教信仰并只在亚里士多德一人面前保持温顺的沉默,就没有伟大的才智,也很难说是博学。一个人越是勇于冒险攻击基督教信仰(他不可能通过理智的力量或是暴力攻下这一堡垒),人们就越认为他天赋过人而博学多才。他越是在捍卫信仰时表现得忠实虔诚,人们就越怀疑他因为意识到自己的无知而用信仰来掩饰自己。他们的做法就像他们讲述的古代故事一样支离破碎、左支右绌，或是像他们的愚蠢言论一样空洞无物；就好像可能存在关于模糊、未知事物的知识而不仅仅是缥缈散漫的意见一样；就好像对真信仰的知识不是最高、最可靠并且最终是最能美化我们的知识一样。如果一个人抛弃这种知识，那么其他一切知识都是此路不通的大道而非死胡同，都不是目的而是灾难，都不是知识而是谬误。然而，我们的这些朋友具有一种奇怪的心态和形成判断的特别方法。我不确信我刚才谈到的那两位哲学家（或是与他们相似的人）会——而我不会说："开始让犹太人感到不快，而此前他们一直令对方满意"①，即如哲罗姆在面对笺注保罗的《致加拉太人书》时所说，而是向我们的这些朋友表现得十足疯狂，就像保罗对法利赛人和祭司一样，因为此前他一直是羊羔而不是狼，是基督的使徒而不是基督之名的迫害者②。

因此，被指控为无知对我会是一种安慰。甚至我被指为疯狂就是一种安慰了——因为许多伟大的人都与我为伴。而且这对我确实是一种安慰：有时我甚至心中暗喜自己因为光荣的理由而被人指控为

① 《保罗〈致加拉太人书〉笺注》i. 1. 10（MIgne, *Pat. Lat.* , XX-VI, 321C）。

② 《使徒行传》9:21。

无知甚至是疯狂。

因此,我为自己感到高兴,但为我的朋友感到难过。还有许多证据提交给了他们的法庭。它们也许不是那么有分量,但它们仍不免是有罪和不虔诚的。对于他们,这些证据是致命的、不名誉的;对我来说,则是无上的光荣,为此我可以内心完全平静地被剥夺去名誉,甚至是我的生命,如果有必要的话。如果某种怨恨是他们不公正判断的真正原因,唯一真实的原因,或无论如何是最显著的原因,这是极其令人痛苦的。怨恨侵袭了许多人的眼睛,让他们看到的都是歪曲的事物,但对健康、清澈的眼睛来说这些并不会发生。这对我是一件令人诧异的、闻所未闻的新鲜事,即我大违本愿而不得不亲身体验到自己朋友的心中可能怀有充满妒意的怨恨。我说的是朋友,但不是那种完美友谊中的朋友:这种友谊意味着像爱自己一样爱自己的朋友。我的这些朋友们倒也爱我,但非全心全意。我宁愿说他们是全心全意地爱我,但不是爱我的全部。他们当然爱我的生命,我的身体和灵魂,以及任何属于我的东西,除了我的名声,就目前而论则是我的文学名声。我会充满信任、毫无怨言地将此名声交给他们,交给他们当中的每一个人。例外之所以产生,不是因为憎恨或不冷不热的友谊,而是因为(如我先前所说)妒忌,甚至是隐藏在友谊最深处的妒忌。

　　这听来也许令人不快，我最好还是说这是由于怨恨乃至伤心导致的例外情况。他们也许感到伤心，事实上他们当然感到伤心，因为在博学的人看来，他们既非文人亦非闻人，但是他们听到人们这样称呼我，无论对错这是我为自己赢得的称号。因此，他们希望从我这里夺走他们所缺的东西，同时也是他们（如果他们有理性的话）无望获取之物。如果你希望一个人拥有一切好的甚至是最好的事物，却不肯给他最无足轻重的事物，这必将导致巨大的矛盾和冲突。我相信，他们这样做乃是出于深切的悔恨，而他们有如此之想，并不在我享受荣名，更多是在他们默默无名。他们希望在友谊方面双方平等，我承认这一点并无不妥；但是他们试图通过这种方式达到目的，以至于我们将同归无名，因为他们相信这是最便捷的法门，既然我们不能都显赫出名。我不否认朋友之间的平等是极为美好的事物。一旦其中一方过于突出，那么朋友的灵魂就像力量悬殊的小公牛一样很难在友谊的轭下齐头并进。然而，这一对等应当是爱和信任的对等，而不必是财富与荣名的匹配。不对等的朋友如海格里斯与菲罗克忒忒斯（Philoctetes）、忒修斯与皮瑞苏斯（Pirithous）、阿喀琉斯与帕特洛克罗斯（Patro-clus）、西庇阿与莱利乌斯（Laelius），更不用说其他诸多不为人知的例子①，都证明了这一点。因此，我的朋友可自行决定如何对待我的名声。如果我没有弄错，他们待我是极好的。

　　我不想让你缺乏任何与我有关的知识，我的朋友。你将获悉我是在什么地方并以何种心情给你写这封信。要知道我此时正移舟于波河（the Po）之上。这样你看到写信者的笔迹和言辞波动起伏就不会觉得奇怪了：我正以我的全部无知奋力逆流前进。我年轻时曾写下不少关于波河两岸风光的文字，并且有许多沉思；所有这些注定都会取悦当年的老人，远在今天这些年轻人设计证明我年老无知之前。人的命运真是说不定啊！波河似乎也对我怀有同情，仿佛回忆起我的研究热情并意识到我的久远愁绪，因为它曾目睹我——如果我能这样说而不至于傲慢的话——少年时名声显扬，在老年却被褫夺了名声的荣耀华章而黯然收场。它的汹涌波涛不断催促我回去，向那些不公正地审判我的人索要我的权利。

――――――――――

① 古典文学中不对等朋友的例子：海格里斯与菲罗克忒忒斯，见塞维乌斯（Servius）《〈埃涅阿斯纪〉评注》iii. 402；忒修斯和皮瑞苏斯，见维吉尔《埃涅阿斯纪》vi. 393—397（参见塞维乌斯）；阿喀琉斯与帕特洛克罗斯，见荷马《伊利亚特》；西庇阿与莱利乌斯，见西塞罗《论友谊》。

　　然而,我对自己担荷的名声感到疲惫,因为它在我全然不曾想到的人那里引起了忌妒。我逃离争执与诉讼并鄙视他人的轻蔑。因此,我将自己的战利留给这些可爱的强盗。他们可以保有这些东西;我愿将自己的战利拱手相让,只要名声能像被抢的钱一样转手给强盗。就让他们拥有知识或(这在愚蠢的大众看来是一回事)被相信拥有知识吧。我将一无所有地继续我的生活:没有知识也不被认为有知识,或至少是不被认为有知识。现在一无所有的我将比那些享有无上战利品的人(在我看来这并不属于他们)更为快乐和富有。我继续前行,为自己终于摆脱一个光华灿烂的沉重负担而足够感到欣然。我用桨、帆和缆绳驾驭着反对我返回家乡——古老的学术之城帕多瓦的波河。在那里,只要我愿意,我将找回一度在出海者(the sea-faring people)中丢失的旧日名声之袍,因为我永远也无法摆脱掉它,无论我多么热切地想做到这一点。被称为无知将始终是我的目标和心愿,只要我是一个好人,或至少不是一个坏人,在此我希望能够最终得到休憩。对疲惫的人来说,没有什么比休憩更为称心如意的了。我的文学名声一度剥夺了我安静休息的权利,而我现在听说它原来一直在那里。无论真假,无知之名将使我重获安宁。这样,尽管迟到,但是也还及时,一切都会变得好起来。

　　但我担心我的种种努力和期望都将付诸东流。有太多的人和我的审判者意见相左。不但在我此时旅行的城市,甚至在他们向世人宣布审判结果的每个地方,这个判决都会被更多、更伟大的人回敬给他们,尽管如你所知这在我已是定案。唯一的例外也许是他们敢于在此主持审判的那个最高贵和最杰出的城市。由于它人口众多、文化多样,许多人一无所知却从事哲学并妄加判断。在这里,各个方面都是自由高于一切,另外还有我应当称之为唯一流行的恶,也是恶中之尤,即太多的言论自由。由于信奉这种自由,常有极端愚蠢之辈辱骂名流而令善良之人大为愤怒。关于后者,这里有许多善良的人,我不知道其他地方是否也有这样多善良、谦逊的人。然而,愚蠢的人成群结队地出现在各个地方,有识之士的愤怒根本无济于事。"自由"一词在每个人听来都是那么悦耳动听,以至于怯懦和鲁莽深得大众欢心,因为它们看起来与自由是如此相像。于是,夜枭侮辱了雄鹰却不受任何惩罚;乌鸦戏弄天鹅或猴子戏弄狮子,结果也是一样。于是卑鄙小人掊击高尚人士,无知之徒辱骂有识之人,懦夫欺侮勇士而奸邪攻讦良善。良善之人并不反抗奸邪之人的恣意妄为,因为坏人更多并更受公众欢迎,因为大众认为让每个人畅所欲言是可行的做法。提比略·凯撒的名言深入人心:"在一个自由的国家里,舌头和心灵应当是

自由的。"①它们应当是自由的，诚然；但是这个自由
应当保持公正和无害才对。

　　你是否发现我急于抵达目的却从未抵达？有太
多事情插进来阻挡了我的写作进程。我并非不知对
于这类事情置之不理是远更明智和镇定的做法，不
过你身上各处都被叮咬时很难保持一动不动。我经
常被迫捏死或抖掉这些跳蚤。我大可轻松面对此
事，如果我看到你也对此不以为意的话。在整个事
件中，让我感到痛苦的并不是我的无知（我很乐意接
受这一称号），而是他们的无礼。不过，如果不是为
了你，我本会默然忍受这一切，像我之前所说的那
样。因此，我通过这篇长文满足了你的愤怒而不是
我的愤怒。我写给你的不是一封信，而是关于本人
无知的一本书。其中我加入了我在赶写其他许多
人、几乎是每一个人的无知时遇到的各种问题。人
们如果有时间充分思考这个问题，他们可以写一大
本书而不是现在这样的薄薄一册。试问还有什么比
无知更为常见呢？还有什么比它更加所在多有和普
遍流行呢？无论我将目光转向何处，我都发现了无
知：在我身上，在其他人身上，但是哪里都不像我的
审判者那样充满无知。假使他们和我一样了解无知
的话，他们也许会惮于宣判他人无知，而那个极其邪

①　苏维托尼乌斯：《提比略传》28。

恶和愚蠢的法庭也许会终年休庭。因为一个人除非轻率到了极点,否则谁会谴责别人有而自己也有的缺点呢? 这不过是一个借口:他们自视博学多识,特别是在这一特定时刻。因为他们肯定是在酒足饭饱之后做出的判决。

　　书名《论我自己的无知》初看也许显得新奇,如果我没有另加一些东西的话。不过,如果人们想到三巨头之一的安东尼曾写过一本名叫《论他的酗酒》的书①,这个标题就不会显得那么新奇了。这个标题更加让人丢脸,因为意志方面的过错比理智方面的过错更加可耻。无知也许是懒惰或天生迟钝所致,而酗酒是意志和败坏的心灵的过错。安东尼在书中自陈他是酒徒中的魁首,仅次于——真是可耻! ——伟大的西塞罗的儿子。我不否认自己在所有无知者中是最无知的一个,但我不想说自己仅次于一个人——也许是四个人。

　　不过现在这样也就够了,也许还不止。我此时仍在急流之中,但是已经看到了前方的港口。就让我们怀着平静的心情来接受"无知"这一虚假的不名誉或真实的名声吧。无人畏惧虚假之物,除非他对

---

① 普林尼:《自然史》xiv. 22. 148。参看彼特拉克在其藏本(巴黎,法国国家图书馆,编号 6802)中对此部分的批注,在这里他对自己挚爱的西塞罗的儿子竟然如此堕落而大感诧异。

真实缺乏信心；它很快就会消失，即便是在它的始作俑者那里，一旦他们身陷耻辱而开始思考他们说过的话时。在其他人那里，它甚至都不会启动，也不会钻进任何有识之士的家门，而是可能止步于此了。如果名誉是建立在真实的基础之上，我们为什么要因为热爱虚名而试图躲避或努力推翻坚实的真理呢？在这种不名誉当中，没有任何东西能严重折磨一个了解人类境况（the condition of man）和渴望上天事物的大度灵魂。他无法折磨这样一个人：他认真思考并衡量了知识——我不想说这个或那个哲人或者是享有博学大名的有识之士的知识，而是所有人的所有知识，发现它是那么微不足道，甚至近于空无。一个大度的灵魂会意识到：和人类的无知与神的智慧相比，分配给人类全体的知识是多么的渺小。

我的朋友，你愿意倾听我并且相信我。你不会认为这是我最近或现在才形成的想法并第一次讲述出来宣之于口的话承认。我经常说，而且更经常地想到：从享有博学美名的人中选出你喜欢的；挑选一些古代或现代世界的名人并认真审视他们。如果你关注真实而忽略世人的吹嘘，你就会发现他们知识有限，而其无知则是惊人的。我相信他们本人会坦然承认这一点，如果他们还活着，并且没有丧失原初的羞耻之心的话。有些作者记载亚里士多德临终前喟然长叹："任何人都不应自命或自得有知。相反，

如果他偶然拥有较多知识，他应该感谢上帝。即便
是这一点，他也不应该立刻相信；他应当使用自己的
判断力审视自我而非他人，不应自鸣得意和沾沾自
喜，而是严厉地审查自己。"①事实上，任何人如果摆
脱了我们借以自欺欺人的心理倾向而冷静观察自
身，就会发现自己大堪悲叹而可称道者无多。

　　还是不要说那些更值得悲叹的事情了吧，我指
的是那些涉及道德的事物；我们还是回过头来说知
识吧。如果一个被认为极为富有的人其实非常贫
穷，这个穷人还怕失去什么呢？我们正是借助了这
少许可知之物（它们因自负而膨大）从事哲学的，也
正是因此总是与他人意见相左，并大肆吹嘘自己那
点可怜的知识，仿佛那是了不起的光荣。最伟大的
心灵也受到同样的束缚：他们所知无多，不知道的却
有很多。如果他们内心没有丧失平衡，他们不会不
意识到自己的无知而认为西塞罗说得完全正确：任
何一名严肃的哲学家都知道自己所知甚少②。他越
是认识不到自己的不足，就越是感觉不到并且忽视
这一点。因此，看看那些最为博学的人吧：他们无比
渴望知识，同时也无比深切地意识到了自己的无知。

----

① 　这段话可能来自某位中世纪作者对西塞罗《图斯库鲁姆论说
　　集》iii. 28. 69 的引述。
② 　参见《图斯库鲁姆论说集》iii. 28. 68。

怪不得人类的傲慢在知识贫乏、羽翼未丰而展翅高飞时会遇到无数悬崖峭壁。哲人们的自负想法何其繁多而可笑，其中多少说法自相矛盾，而他们又是多么顽固不化而胆大妄为啊！有无数的教派和无数的分歧。有多少争论爆发，他们为之争论的一切是多么的含糊不清，而他们的用语又是多么的纠缠和混乱！真理藏身所在的洞穴深不可测而难以企及，而诡辩家们又布下无数埋伏，致使通向真理的道路荆棘丛生，令人寸步难行并难以辨认。如我们所知，老加图正是因为这个原因而提议将卡尔内阿德斯(Carneades)驱逐出罗马①。最后，即便非常伟大的人也是那么鲁莽轻率，同时他们对于人类能够掌握真理又是多么不自信和绝望啊！毕达哥拉斯②说过："你可以从正反两方面同样令人信服地论证任何问题，甚至是'是否一切问题皆可正反两面论证'这个问题。"有些人声称真理深藏不露，仿佛埋在深不见底的矿坑里，要从最深的地底挖出而不是从最高的天上取来，或者说用钩子和绳索把它吊上来，而不是依靠天才通过神恩的阶梯来接近它。

---

① 普林尼:《自然史》Vii. 30. 112。
② 塞内加:《书信集》38. 43。彼特拉克所用底本和其他较差的版本一样将"Protagoras"(普罗泰格拉)误作"Pythagoras"。

苏格拉底说过："我唯一知道的事情，就是我一无所知。"①这一谦卑之极的无知供状仍被阿尔克西拉乌斯（Arcesilaus）斥为狂妄，声称"甚至这个'一无所知'亦不可知"②。坦承无知甚或排除了对此无知的知识，这真是一种光荣的哲学！这是一种恶性循环和难以解脱的游戏。西塞罗告诉我们，"古代修辞教师高尔吉亚（Georgias of Leontini）认为一名演说家可以使用想得到的一切最佳方式谈论各种话题"③，尽管他本人显然做不到这一点。然而，他无法用最好的方式谈论一切事物，除非他先以最佳方式方式了解了它们。赫尔马戈拉斯（Hermagoras）对此也有同感，声称"演说家不仅要掌握修辞学，还要掌握全部哲学和一切知识"④。这真是平庸之才的伟大自信！其中最自信的人是希庇阿斯（Hippias），他竟敢宣称自己无所不知，由此篡取了自由研究和哲学整体甚至是机械技术的一切光荣⑤。如果不是我认为他疯了，那么我应该称他为神。现在这是众所周知的事实：人类不可能无所不知，甚至不可能具有很多知识。另一方面，柏拉图学园派长期以

---

① 　西塞罗：《学园派后篇》i. 4. 6;《学园派前篇》ii. 23. 74。
② 　西塞罗：《学园派后篇》i. 12. 45。
③ 　西塞罗：《论占卜》i. 5. 7。
④ 　《论占卜》i. 6. 8。
⑤ 　西塞罗：《论演说家》iii. 32. 127。

来受到攻击和责难,因为人们普遍认为如果上帝向人类揭示了某种事物,这种事物即可被人认识。因此,对于我们的救赎,知识不但是充分条件,也是必要条件。许多知识超过应有本分的人死了,但是那些"自称有知的人变成了傻瓜,而他们的愚蠢心灵变得黑暗",即如使徒保罗所说①。如果我能够变得明智而保持头脑清醒,这也就够了。做到这一点并不需要太多知识,甚至不需要任何知识,许许多多大字不识的男女圣徒清楚地证明了这一点。我将相信好运降到了我的身上,而且永远不会追悔自己为研究学术付出的努力。我将怜悯那些喋喋不休的傻瓜,他们自以为是并乐于被误称为他们并不是的"文人";我也会怒斥或嘲笑这些人,因为他们为了无意义和不可知的事情而争论。我不会羡慕他们的无知、害人的狂妄或其他什么东西,当然更不会羡慕他们的财富,因为他们在回归自我的道路上迷失了方向,总是关注自我之外的事物而消耗了自己的精力,并试图在外部事物中发现自我②。

总结全文:我甘愿放弃"文人"之名——我已经这样做了——以免名不副实。因为我想满足真理和

---

① 《罗马书》1:21—22。
② 彼特拉克改写自奥古斯丁《忏悔录》x.8.15,即他在旺图山顶上读到的那段话。

良心的要求，或是满足嫉妒的心理。事情真相如何，后人自有公论，如果我能名垂后世的话；否则"遗忘"将来接管它。我说，就把它留给纯洁无邪的后人吧，他们不会受到内心波动、愤恨或爱憎这些真理之敌的妨害。后代自会关注此事，只要他们知道我；毫无疑问，他们不会知道或认可那些审判我的人。甚至今天的人也不知道他们，因为他们几乎不为最近的邻人所知。后代将会思考此事并给出他们的判断。如果他们赞成上述诸人的判决，我将平静地接受；如果他们驳回了这个判决，我依然不会为他们感到愤怒，因为我知道人类灵魂中的激情力量是多么的强大。全部激情驱使他们对我下此判断——我说错了，并非全部激情，只是一种激情，即今天我反复说到的那种激情：这就是忌恨（Grudge）。忌恨亲手写下了判决书，而无论爱还是理性都无法改变它。我为什么要为一个敌人犯下的过错而向我的朋友们动怒呢？一个父亲并不为他儿子的邪恶负责，反之亦然。敌人的邪恶更不应该对朋友造成伤害，特别是在他身陷敌人囹圄之时。一旦重新成为自己的主人，他就会为他自己所受的侮辱和朋友的痛苦遭遇而奋起复仇。

假设我真的动怒了，那么还是会有很多方法平息和安抚我的怒火。许多文学中记载的例子都可以作为解药来使用。还有什么杰出的学识、圣洁或德性不曾受到心怀妒忌的对手的攻击呢？诚如李维所说："名气越大，离妒忌就越近。"①的确如此。妒忌是蛰伏的恶；它难以上升至高尚的灵魂，而是如奥维德所说"像蛇一样在地上蜿蜒潜行"②。不过，它还是学会了以特殊的热忱侵袭显赫声名的根基，并将其毒液射向杰出著名的人士，就像那些在地下暗中啮食和残害幼树根茎的蠕虫一样。因此，妒忌常在暗中发作，但在灵魂的激情打破沉默而放声大喊时，它会更加暴戾地迸发显现。荷马曾在《伊利亚特》中说到"一腿拐而一脚瘸，前胸凹而后背驼""秃顶还有头皮屑"的特尔西特斯（Thersites）如何当众诽谤希腊人的王者阿伽门农与希腊英雄中最勇敢的阿喀琉斯③；维吉尔也在《埃涅阿斯纪》中谈到德朗克斯（Drances）如何以污蔑之辞辱骂图尔努斯（Turnus）④。不过这都不足为奇。极端相反者之间存在着天然的憎恶。对于被奉为神的凯撒和奥古斯都，无论是他们的朋友还是他们的敌人都说过多少坏话啊！"佩森尼尔斯·奈哲尔（Pescennius Niger），一个非常勇敢的人，常说西庇阿的后人"——他们傲立于整个罗马世界——"与其说勇敢，不如说幸运。"⑤我

① 李维：《罗马史》xxxv. 10. 5—6。
② 奥维德：《黑海书简》iii. 3. 102。
③ 《伊利亚特》ii. 212—217。
④ 塞维乌斯：《〈埃涅阿斯纪〉评注》xi. 122。
⑤ 斯巴提亚努斯（罗马帝王纪作者）：《佩森尼尔斯传》12. 2；4. 4。

对此感到难以置信。毫无疑问，他这样说并非因为
忌恨，而是因为轻率随意的判断。不过，诸如此类的
故事取自和我们相距甚远的异国史传。我们还是转
向那些更接近我们的记述吧。

我可以列举那些圣徒，特别是哲罗姆，不过这里
涉及我们的是世俗事务，而且我们说的只是知识问
题。因此，我想简单介绍一些而非全部更接近我们
控诉主题的人。谁没有听说过伊壁鸠鲁呢？这个人
以超乎常人而令人难堪的傲慢或忌妒（或是两者兼
而有之）辱骂了每一个人。他骂过毕达哥拉斯、恩培
多克勒、提摩克拉底（Timocrates），并且在他的所有
著作中把这些人撕咬成了碎片，尽管提摩克拉底是
他的朋友，只是因为对他的疯狂想法略有不同意见
而遭此厄运。然而，他挑出的这三个人和其他人都
有理由保持沉默，因为伊壁鸠鲁——说来也怪——
也鄙视柏拉图，并且肆意攻击亚里士多德和德谟克
利特①。他对哲学的全部认识都来自德谟克利特，
并在著作中处处紧跟后者，只是用词略有改动。尽
管如此，他还是说德谟克利特的坏话，而且用语更加
犀利，因为他想吹嘘自己没有向任何人学习过，仿佛
他是无师自通一样②。迈特罗多鲁斯（Metrodorus）

---

① 西塞罗：《论神性》i. 33. 93。
② 《论神性》i. 26. 73；43. 120。

和赫尔马库斯(Hermarchus)也像他们的老师一样
急于贬损他人。他们也肆意攻击上述哲人,不肯放
过其中任何一人。芝诺同样喜欢辱骂和嘲笑他人。
他说到克律西波斯这位来自同一哲学流派的才思敏
捷的哲人时,总是称他为克律西波斯女郎(Chrysip-
pa)①。不仅是同时代人,"甚至是苏格拉底这位哲
学之父,他都一律攻击谩骂:他称后者是阿提卡的那
个丑角,而且用的是拉丁文 scurra";我相信这是他
为了让玩笑更加伤人而故意使用了一个外来语②。
这个尖酸刻薄的俏皮话——无论它是否更应当被称
为俏皮话而不是诽谤——后来也用到了西塞罗身
上,如他在自己的著作中所说。西塞罗的对手因其
辩才过人而称他为"丑角元老"③,这个玩笑不值得
西塞罗一听,同他的性格也不相称,但正配得上说这
话人的口才和心术。

　　塞内加和昆体良两人彼此间的攻击谩骂广为人
知④。他们都是杰出之士,都是西班牙人。然而他

---

① 《论神性》i. 34. 193。
② 西塞罗:《论神性》i. 34. 193。
③ 马克罗比乌斯:《农神节》ii. 1. 2。
④ 演说家塞内加(彼特拉克与其同时代人还不能分辨他和他儿
　　子的著作)曾经谈到某位昆体良的短暂名声,此人可能是《演
　　说术原理》(*Suasoriae* x,前言 2)作者昆体良的父亲。昆体良
　　曾在《演说术原理》(x. 1. 125,128;130)中批评老塞内加的演
　　说风格。

们相互撕咬,彼此争吵并指责对方的演说风格——对于这样的天才来说,此类行径着实令人惊奇。学识渊博之人通常是无知者仇恨和惊奇的对象。后者一有机会就啮咬他们的声誉。另一方面,学者们——即便素未谋面——彼此投契,只要嫉恨和超过对方的欲望没有破坏这种感受。我们可以认为这正是我们刚才提到的这两个人和我们之前谈到的那些人的情况。

　　在杰出人士之间,嫉恨和超过对方的欲望有时不再为虐,但仍保留某种竞争关系,正像风暴平息之后海水依然高涨一样。我在一些作者身上发现了两种原因。原因之一是这些人从他们的学生和追随者那里获得的好感。这些人因为门户之见而使得宗师相互为敌,尽管这些宗师本人更愿保持沉默。第二个原因是他们势均力敌而将旁观者分为不同的批评阵营,尽管被评论的人甚至都没有意识到这一点。两个人也许私交甚笃,彼此并无恶意,但是其中一人感到双方为了争取更大的成就和光荣而暗自为敌,就像比邻而居的两座山峰或高楼一样。如果我记忆无误,前面谈到的柏拉图和色诺芬这对人物正是如此[1]。有时不是因为妒忌对手的渊博学识,而是因为深植于心的憎恨,使得竞争爆

---

① 索尔兹伯里的约翰:《论政府原理》(*Policraticus*)2.26。

发,其激烈程度远远超过方才与此前所说的那些竞
争。撒鲁斯特和西塞罗①、埃斯基涅斯(Aeschines)
和德摩斯梯尼②在相互攻讦的文章中辱骂对方的
性格而非其天才或写作风格。这些文字充满了怒
气和敌意,没有一丝心平气和的味道。其中并无戏
谑玩笑的成分。这是另外一种大不相同的战争,人
们常为争夺文名而发起此类战斗。与这类斗争相
比,我的审判者们的攻击不过是一场可以平心静气
接受的游戏。除了你刚才听到的这些人之外,我还
想到成千上万仅仅为了文学之事而大打出手者,如
荷马学者阿里斯塔克斯(Aristarchus)③和佐伊尔
(Zoilus)④、维吉尔学者科尼菲奇乌斯(Cornificius)⑤

① 在彼特拉克的西塞罗抄本中可以找到这类就奥古斯丁时代
某位无名演说家进行的文学演练。

② 西塞罗:《论演说家》31. 111;瓦莱里乌斯·马克西穆斯:《懿
言嘉行录》viii. 10. ext. 1。

③ 西塞罗:《斥皮索》(in Pisonem)30. 73;《致阿提库斯信》(Let-
ters to Atticus)i. 14;奥维德:《黑海书简》iii. 9. 24。

④ 奥维德:《爱的治疗》(Remedia amoris)365—366。

⑤ 在源于 4 世纪语法学家多纳图斯(Aelius Donatus)和塞维
乌斯最初创作并由其后继者(参见 J. J. Savage:《多纳图斯
与维吉尔传统》,Folia,I,1946 年,第 65—70 页)扩充的
维吉尔传记后期版本中,科尼菲奇乌斯作为一个"因其邪
恶天性"而"无法容忍这位温文尔雅的诗人"之人而被提
及。参见《作者多纳图斯》(Donatus Auctus),载《维吉尔研
究者传》(ViateVergilianae),E. Diehl 编,波恩,1915 年,第
35 页。

和艾万该路斯(Evangelus)①、西塞罗学者阿西纽斯(Asinius)②和卡尔乌斯(Calvus)③。我还想到了盖乌斯(Gaius),我承认他是一个野蛮的统治者,尽管绝不是一个没有受过教育的人,"人们认为他毁灭了荷马的史诗作品,他说:'他为什么不能做柏拉图能做的事情,将荷马从他一手建立的城邦中驱逐出去?'事情几乎发展到这一步:盖乌斯下令撤走所有图书馆中维吉尔和奥维德的画像,谴责前者缺乏理智而学识无多,后者说话太多而史实多舛。塞内加和现在一样受到欢迎,但是盖乌斯说他是'没有石灰的砂石'"。④ 我们议论他人就像那个希腊女人蕾盎提益(Leontium)一样,如西塞罗所说"那个小婊子"竟敢写书攻击像泰奥弗拉斯托斯(Theophrastus)那样的哲人⑤。如果这样的人都受到过这样的侮辱,

――――――――

① 马克罗比乌斯《农神节》中(i. 7. 2;5. 21)塑造的一个对话人物,他肆无忌惮地批评了维吉尔。

② C. Asinius Pollio(公元前 76 年—公元 5 年):彼特拉克曾在书信作品中与之交流的一位古代名人(M. E. Cosenza: *Petrarch's Letters to Classical Authors*, Chicago, 1910, pp. 112—124),其人以严厉批判同时代人(特别是西塞罗)而闻名(塞内加:《演说术原理》*Suasoriae* vi, 14-15; 24; 27)。

③ C. Licinius Macer Calvus(82BC—47 BC):一个有文学野心的人,据塞内加记载(*Controversiae* vii. 4. 6),甚至敢在他的演说中向西塞罗叫板。

④ 苏维托尼乌斯:《卡里古拉传》第 34 节、第 54 节。

⑤ 西塞罗:《论神性》i. 33. 92。

那么谁还会因为别人骂了几句就勃然大怒呢?

现在没有什么可做的了,除了恳求和哀告他们——我说的不是你和其他几位朋友,旁人不必催促你们也会爱我,而是其他一些朋友,其中就有我的审查者——从现在开始爱我,不是作为文人,而是作为好人,如果不是作为好人,那就作为朋友——最后,倘若我德行少得可怜而不配"朋友"之名,那么至少是作为一个仁爱的灵魂吧。

具陈如上。

这本小书构思于两年之前,后在另外一地完成初稿。我后来又重写一遍,并最终定稿于沃欧加内丘陵(Euganean Hills)的阿尔库阿(Arquà),1370 年6 月 25 日薄暮时分①。

---

① 　彼特拉克第二份自传抄本(the Codex Vaticanus 3359)中这段
"完成于 1370 年 6 月 25 日"(L. M. Capelli: *Pétrarque: Le
traité de sui ipsiusi gnorantia*, Paris, 1906 年)的后记谈到了
本书写作的前两个阶段:初稿写作于 1367 年 12 月,当时作
者正泛舟波河,今已佚;第二稿,即作者致 Donatodegli Al-
banzani 的亲笔抄件,写作于 1370 年初(参见 P. Rajna: *Ren-
diconti dell' Accademiadei Lincei*, XVIII, 5a ser., 1909,
479—458),今存柏林国家图书馆《汉密尔顿收藏抄本》(Co-
dex Hamiltonianus)493 号。

反对滥用论辩术

致墨西拿的托马索·加罗利亚（Tommaso Caloria）信，约 1335 年 3 月 12 日，于阿维农。Fam. 1，I，7[6]，in *Le Familliari*，ed. V. Rossi，I，35-38；*Opera* (Basel，1581)，pp. 579-580.

致墨西拿的托马索，驳年老的辩论士（dialectic cavilers）

　　和一名既不渴望胜利也不急于战斗的敌人争斗是件冒险的事。你向我说到一位年老的辩论师被我的书信大大激怒，仿佛我谴责了他的职业。你说他当众怒形于色，威胁要写信攻击我们的研究领域，而你已经等了几个月，却并无下文。不必再等了。相信我，它永远也不会来。这个人还是很明智的。他显然为自己的文才感到惭愧，或者说他的沉默即表明了他的无知。喜逞口舌之利的人是打不了笔仗的。他们不喜欢让人知道他们的战甲是多么的脆弱。他们像帕提亚人一样战斗，当他们溃逃时；他们向空中发射飘忽不定的语词,正如向风投掷标枪。

　　如我先前所说,以其人之道与其搏斗是有风险的,尤其因为他们是如此喜爱斗争本身。他们并不志在发现真理——他们只想着争斗。不过瓦罗有一句格言:"争论过多,真理消亡。"①不必害怕他们来到文字和正经讨论的开阔战场。昆体良(Quintilian)曾在《如何准备演说》(*Instruction of Speech-making*)中谈到这类人:"你会发现有些人极其善于辩论。但是,一旦他们被迫放弃这种斤斤计较的技术,他们在从事任何严肃活动时都会一筹莫展,就像某些动物在狭隘的地方行动敏捷,在开阔地带反而容易被擒获一样。"②因此,他们怯于出头是很正确的。诚如昆体良所说:"孱弱无能者求助旁门左道,逃跑不及则灵活闪避。"③

　　我想告诉你一件事,我的朋友:如果你有志于美德与真理,那就避开这类人吧。但是如果连岛屿都未能幸免,我们到哪里才能逃离这些疯人的荼毒呢?就是斯库拉(Scylla)和卡律布迪斯(Charybdis)也无

----

① 瓦罗现存残篇中未见此句,但见于马克罗比乌斯《农神节》ii. 7.11 保存的普布里留斯·西鲁斯(Publilius Syrus)的戏剧片断。彼特拉克后来得知这句话的作者是普布里乌斯,但他因其所读马克罗比乌斯原著中姓名拼写之误而称之为普布留斯(Publius)。

② 指后来的亚历山大大帝(356—323)。——译者按

③ 《演说术原理》ix. 2. 78。

法阻挡这些害虫渡海来到西西里。这种不幸显然为岛国所特有,因为一群新的独眼巨人(Cyclops)已经聚集在埃特纳山,与不列颠岛的那帮论辩斗士遥相呼应①。我不是在彭波纽斯·梅拉的《宇宙志》(Cosmography)中读到说不列颠绝似西西里么?②我相信这是真的,即二者的地理位置相似,两个岛都近似三角形,并且它们的海岸线都不断受到海水的冲刷。我当时还没有想到辩论师。我曾听说独眼巨人是当地最早的居民,然后是僭主们,他们都是暴虐之徒。不过,我那时还不知道一种新型怪物也来到此地,他们用模棱两可的省略三段论(enthymemes)武装自己,比陶尔米纳(Taormina)海滨的惊涛骇浪还要蛮横张狂。有一点在你提到前我还没有注意到:他们以亚里士多德主义者的堂皇名目掩饰其宗派,并且谎称亚里士多德本人常常按照他们的方式讨论问题。遵循著名领袖的做法乃是一种借口。马尔库斯·图留斯(Marcus Tullius)③也说如有必要,他"愿和柏拉图一起犯错"④。但是他们错了:亚里士多德是一个充满激情的人,他探讨了最高层次的

---

① 彼特拉克似乎指近来西西里哲学爱好者中愈演愈烈的论辩倾向,并将它与当时英国哲学家中出现的论辩倾向相提并论。

② 《宇宙志》iii. 50。

③ 即西塞罗。——译者按

④ 《图斯库鲁姆论说集》i. 17. 40.

问题并撰写成书。若非如此，他怎么可能在并不甚长的一生中，在处理那么多的事务（特别是教育他的那个幸运的学生①）之外，花费那么多的不眠之夜，撰写了那么多的著作？我们通过古代作家得知，他死于流年不利的六十三岁②。但是，这些人为什么远离他们的领袖，渴望被称为亚里士多德主义者却不为此感到羞愧呢？很难想象比这位伟大的哲学家和一名没有任何著述、几乎不能理解［他的哲学］、徒然叫嚣之人更大的反差了。为什么不去嘲笑这些大学问家庸人自扰亦复扰人的无聊结论呢？为了这些结论，他们虚耗了一生，因为他们百无一用，在哲学研究上更是败事有余。

这类三段论经常受到西塞罗和塞内加的嘲笑。第欧根尼的反驳同样广为人知。一名好辩者曾这样向他寻衅："你非我之所是。"他首先这样说，而当第欧根尼表示同意后，他接着又说："而我是人。"第欧根尼仍未表示反对。这时他偷梁换柱地得出了结论："因此你不是人。"这个时候第欧根尼回答他说：

———————

① 即西塞罗。——译者按

② 古代医学理论认为人生中每第七年和第九年都有凶险，而六十三岁是最凶险的一年（Firmicus Maternus：*Matheseos* iv. 20.3）。彼特拉克自己在六十三岁生日时（1367 年 7 月 20 日）向薄伽丘讲述了他这一年的奇怪感受，而恰好一年之后，他在致薄伽丘的另一封信中表示如释重负，因为他基本上平安无事地度过了这一年。

"这是个错误的结论,你要是想让它变得正确,就必须和我一起开始论证。"①许多极其荒谬的结论都与之相类。这些人也许知道自己这样做将会得到什么:他们希望赢得声誉,或是娱乐自己,抑或是获得关于合宜、幸福生活的建议。我当然不知道他们想要什么。对高尚的人来说,利益不应当是学术研究的可贵回报。它适合牟利的匠人;博雅的艺术具有更高的目标。

　　这些爱好辩论术的人听到我说的话会变得恼怒,因为喋喋不休地谈论好斗者总是容易陷入愤怒。"看来你是不赞成辩论术的喽",他们会说。绝非如此。我知道斯多亚哲人是多么欣赏它,西塞罗经常援引这一刚健哲学流派的观点,特别是在他的《论目的》②一书中。我知道辩论术是自由技艺(the liberal arts)③中的一种,也是人们通向更高境界的津梁。对于那些努力穿越哲学密林的人来说,它并不是一件毫无用处的武器。它磨砺了理智,标识了通向真理的道路,并教给我们如何避免谬误。即便它没有取得其他任何成果,它仍赋予人随机应变的急智。

---

① 盖留斯(Gellius):《阿提卡之夜》(*Noctes atticae*)xviii. 13. 78。
② 《论道德目的》II-iv。
③ 或译博雅技艺,包括"三科"(Trivium)即文言(语法)、修辞、辩论术,以及"四艺"(Quadrivium)即算数、几何、音乐、天文。——译者注

这一切我都不否认。但是假如我们马虎对待荣誉，则赞扬不会与我们长在。一名行路者如果因为旅途怡人而忘记目的地，他的心智是不健全的。相反，我们赞赏不事停留长途跋涉而直达终点的旅行者。我们当中有谁不是行路的人呢？我们都必须在恶劣的天气下，就像在阴冷的冬日，在有限的指定时间内完成一段漫长而艰苦的旅程。学习辩论术也许是其中的一段路，但它绝不应成为终点。它可以是早间的行程，但绝不应成为夜晚的行程。我们以前做许多事是完全正确的，但是如过一直做下去就会变得极其可耻。假如我们因为幼年时曾在辩论学校嬉戏，而到了晚年竟还不能离去，那么我们大可心安理得地继续"划拳猜枚，拿一根芦苇"①当作木马玩耍，或是重新躺回到婴儿摇篮中取乐了。

事物之间差别惊人，而时代一直在变化。大自然以高度警惕的技艺设法让人免于厌烦。不要认为这些变化只在一年中发生；更多的变化在漫长的生命周期中发生。春季因草木荣生而令人向往，夏季五谷生长，秋季硕果累累，冬季飞雪漫漫。这一切不仅是差强人意，更令人欢欣愉悦。如果你令季节彼此替换，那么自然法则将会废弛，万物将变得难以忍受。正如没有人愿意在夏天安然忍受寒冬腊月的冰

---

① 　贺拉斯：《讽刺诗》ii. 3. 247。

霜或是在其他季节累月忍受夏日的酷暑一样,任何
人毫无例外都会恼怒或嘲笑一名成日和小孩子玩闹
的老人,而任何人都会对一个白发苍苍并身患痛风
的孩童感到惊诧。我来问你,你能想象出什么事情
和关于字母的最初观念一样重要甚至是必不可少?
这是我们一切学术研究的基础。但是另一方面,还
有什么事情比暮年仍在学习这类基础知识更为荒谬
可笑呢?因此,引用我的说法刺激那名老人的瞳孔
吧:不是阻止他们而是鼓励他们,不要急切投身于辩
论术研究,而是迅速穿越这一学科走向更好的研究
领域。另外,也请告诉你的那位老人:我并不是谴责
自由技艺,而是谴责幼稚的老年人。即如塞内加所
说,没有任何事情比"小学一年级班里的老人"①更
加丢人现眼;同样,没有任何事情比以辩论术进行论
辩者的老人更为丑陋。如果他唾弃我们的三段论,
那么我的建议就是:赶快离开他,让他去和恩克拉多
斯(Enceladus)②辩论吧。

　　再见。

阿维农,3 月 12 日

---

① 塞内加:《书信》(*Epistle*)36.4。
② 古代神话中的狂暴巨人,宙斯将其埋葬于埃特纳火山之下
　　(参见维吉尔《埃涅阿斯纪》iii. 595),他可以说是这位墨西拿
　　老人的邻居。

论诗歌的本性

1348 年 12 月 2 日自帕多亚致兄弟盖拉尔多（Gher-ardo）信。选自《亲友通信集》（*Epistolae Famil-iares*）X，4。

根据我对你的宗教热情的了解，我断定你会对随信寄去的诗①感到厌恶，认为它和你宣称的一切信仰相冲突，并与你的全部思想和生活方式背道而驰。但是切勿匆忙下结论。还有什么事情比未经调查研究就对一个题目发表意见更愚蠢呢？其实诗歌远非和神学相对立。这是不是让你觉得惊讶？人们几乎可以说神学实际上就是诗，关于上帝的诗。时而说基督是狮子，时而说他是羊羔，时而又说他是蠕虫，请问这不是诗又是什么呢？而你会在经书中发现成千上万这样的说法，其数量之巨，不胜枚举。的确，救世主在福音书中讲述的寓言（parables），如果

---

① 这是一首讽喻牧歌，彼特拉克在信件正文中有详细说明。

不是表达新声的语词，即专业术语所谓"讽喻"（alle-
gory），它们又是什么呢？而讽喻则是一切诗歌的根
本。当然了，二者的主题大不相同。这一点每个人
都会承认。前者论述的是上帝以及一切与上帝有关
的事物，而后者论述的是异教神灵和终有一死的
凡人。

　　现在我们便可知道为什么亚里士多德说最初的
神学家和最初的诗人是同一个人了。[①] 他是对的：
诗人（poet）之名本身就是一个证明。关于这个词的
本义，人们曾有许多考证；尽管见解不尽相同，但总
体说来最合理的观点如下：上古之时，人类尚在蒙
昧，但是充满了认识真理、特别是了解上帝的激情
（这正是人性的一个组成部分），他们进而确信存在
着某种掌控我们命运的更高力量，并认为应当以超
乎常人的礼拜和庄严肃穆的仪式来崇敬这一力量。
因此，他们在计划修筑宏伟的居所（他们所谓神庙）、
奉献神的仆人（他们称之为祭司）、建造壮丽的雕塑
和制作金器、大理石案、紫色衣裳时，同时也决定为
使敬意得到表达，努力通过运用崇高的语词取悦神
灵，借助颂诗的温柔作用降服上界力量。这些颂诗

---

① 《形而上学》2.4.12。彼特拉克和薄伽丘都沿袭了穆萨托
　　（Mussato）的传统，参见 E. R. Curtius：*European Literature
　　and the Latin Middle Ages* 中"论诗与神学"一章。

远离一切日常或世俗语言形式,经过韵律修饰而更加迷人,足以驱除厌倦。当然,这一切不是通过日常的方式,而是通过艺术性的、精心安排和略显奇异的方式举措得以实现的。这种得到提升的语言在希腊语中称为"诗"(poetices),而使用这种语言的人自然就是"诗人"(poets)。

你会问我根据哪个权威这样说。可是我的兄弟,难道你就不能放开担保人而对我有些信心么?我有权要求你,正如你也有权要求我一样,当我告诉你一望而知是真实的事情时,你应当相信我说的话,即便它们没有证据支持。此外,如果你觉得难以接受,我会给你提供完美的担保人,你可以完全信赖的证人。首先是马尔库斯·瓦罗(Marcus Varro)①,罗马有史以来最伟大的学者;其次是特朗基卢斯(Tranquillus)②,他的研究总是那么细致入微。然后我可以加上第三个人,你大概更了解他,这就是伊西多尔(Isidore)。他在《辞源》第八卷中也谈到了这个问题,虽然只是简略提及,而且仅根据了特朗基卢斯的权威说法③。

---

① 参见奥古斯丁:《上帝之城》VI.5。
② 苏维托尼乌斯现存作品中并无这方面的论述。[译者按:特朗基卢斯,即苏维托尼乌斯(Gaius Suetonius Tranquillus,约公元69—122年)。]
③ 《辞源》VIII,7.2:"De poeta"(论诗歌)。

　　不过你会反对说:"我如果不能相信其他有学问的人,当然可以相信这位圣徒;但是问题依然存在:你的甜美诗歌与我的艰苦生活相抵牾。"啊呀,我的兄弟,你错了。即便是《旧约》中的长老也使用英雄诗和其他种类的诗歌。例如摩西、约伯、大卫、所罗门和耶利米(Jeremiah)。甚至你日夜吟唱的赞美诗在希伯来文中也是入律的。因此我会毫不含糊、正大光明地将他们称作基督教的诗人,否则我将心怀愧疚。毫无疑问,这些明显的事实必定让人想到用"诗人"的名号来称呼他们。另外我再提醒你(既然你无心接受我现在任何没有权威根据的话):甚至哲罗姆也持同样的观点。当然,这些赞美诗,这些歌唱基督这位有福之人的出生、死亡、入地狱、复活、升天、重新归来审判尘世的圣诗,从来没有也从来不会在译成另外一种语言后完全没有损失原来的韵律或意义。因此,由于必须做出选择,优先考虑的始终是意义。不过原先的格律也多少有所遗存,而我们仍把这些断章称为诗;这很正当,因为它们本来是诗。

　　古人就说到这里。至于我们的《新约》导师,如安波罗修、奥古斯丁、哲罗姆,要证明他们也使用了诗歌的形式和节奏是再容易不过的事。不过说到普鲁登修斯(Prudentius)、普洛斯佩尔(Prosper)、塞杜留斯(Sedulius)等人时,我们只提及名字就够了,因为他们的文章没有一个字流传下来,但是他们的诗歌作品却很多，也很有名。因此，亲爱的兄弟，请不要猜疑地看待基督钟爱的圣徒们都予以赞同的做法吧。请只是思考深层的意义，如果它合理而真实，则那就无论其外在形式为何都愉快地接受下来。称赞使用陶土器皿的盛宴，却鄙夷金制器皿盛放的大餐，这简直是疯狂或虚伪……

我和但丁

1359年6月自米兰致薄伽丘信。选自《亲友通信集》XXI，15。

你的信中有很多问题不需要任何回答，例如我们最近当面解决了的那些问题。不过在我看来仍然有两点不应避而不谈，我将在此简短写下我可能产生的一些与之有关的想法。首先，你为自己仿佛是在过分称赞一位诗人而致歉，他也是一名佛罗伦萨公民，其写作风格深受大众欢迎，而且他无疑选择了一个高贵的主题。你为此向我道歉，好像我认为任何对他或其他人的赞扬都减损了我的光荣似的。例如，你声称我只要仔细看你对他的评价，就会发现这全都是对我的恭维。你为了掩饰你对他的好感，着意解释说他是你早期学术生涯的第一缕曙光和最初导师。你的赞扬自然只是对他的业绩的正当认可，或可称为孺慕之情（filial piety）。如果我们将一切都归功于生我养我的人，将我们的大部分成就归功

于我们生命中的贵人,那么我们又当如何感谢我们
心灵的父母和塑造者呢? 的确,相比照看身体的人,
完善心灵的人远更应该得到我们的感谢:如果恰如
其分地评价二者,我们就会发现后者是永恒的馈赠,
而前者易于朽坏并必将消亡。

　　因此请继续称赞和爱戴这位诗人吧,他是你理
性生命的指路明星,当你坚定不移地朝着一个至为
光荣的目标艰难前行时,他为你提供了勇气和光明。
我不仅宽容而且赞许这一做法。长久以来,他一直
在大众的欢呼声中备受抨击而不堪其扰。现在,就
用配得上你也配得上他的真诚赞扬来尊崇赞美他
吧,这不会让我感到不快,你可以确信这一点。他配
得上这样一位信使,而你(如你所说)正是担任这项
工作的自然人选。因此,我诚心诚意地接受你对他
的赞赏,并且和你一起来颂扬你所称道的这位诗人。

　　因此,在你的来信解释中并无任何令人不安的
事物,除了我发现自己仍被你这样一位我过去坚信
完全了解我的朋友深深误解之外。你难道认为我会
对杰出之人受到赞扬和拥有光荣而感到不快吗? 相
信我,没有什么事物比嫉妒离我更远;我对它的危害
也知道的最少。相反,为了让你了解我多么远离这
类感受,我请上帝——在他面前一切人心敞露无
遗——为我作证:人生中很少有事情比看到人们做
出业绩却不被认可或全无回报更令我感到难过的

了。我并不是在悲叹自己的命运或期冀个人的利
益；我是在哀悼人类的共同命运，当我看到对高尚艺
术的奖赏竟落入卑下者手中的时候。我并非没有意
识到，尽管正当行为拥有的美名会激励人心付出配
得上它的努力，但真正的德性（如哲人所说）是对自
身的激励；它是自身的回报、指针、归宿和目标。尽
管如此，既然你建议了一个我本人不会主动选择的
题目，我将进而代你——并且通过你代替他人——
反驳人们通常认为的我对这位诗人的看法。这不仅
是假的，如昆体良谈到人们如何解读他对塞内加的
批评①时所说，而且居心不良，充满了恶意。我的敌
人说我憎恨和鄙视他，于是挑起大众对我的敌意，因
为他深得大众欢心。这的确是一种新的歪门邪道，
表现了绝妙的害人天赋。但是真理本身将会保
护我。

　　首先，我不可能对一个我平生只见过一面的
人——而且是在很小的时候——怀有恶意。他和我
的祖父与父亲是同时代人，比前者年轻，但是比后者
年长，曾与后者在同一天因为同一场内乱而一起被
流放。在这种情形下，共同的苦难时常造就牢固的
友谊。这一点尤其适用于他们，因为他们不但命运
相似，而且气味相投、热爱同样的学术研究，于是走

----

①　Quitilian X，1. 125.

到了一起。不过我的父亲迫于其他考虑,为了家族而屈从流放的自然影响,而他的朋友却拒不低头,甚至以更大的热情投身于先前的事业,为了身后声名而将一切置之度外。就此而言,我怎样崇敬和赞美他都不过分:无论是他同胞对他的不公、流放、贫穷还是敌人的攻讦,无论对妻子的爱还是对子女的牵挂,都无法让他偏离从前选择的道路,尽管有许多天才出众的人意志薄弱,一有挫折就改弦易辙。诗人尤其如此,因为不但要关注思想和言辞、还得留意时运变化的人格外需要安静的生活。这样一来,你就会看到所谓我对这位诗人的仇恨——这个说法不知是何人捏造——是险恶和可笑的向壁虚构,因为我绝无这样反感其人的道理;相反,我有一切偏爱他的理由:我们是同乡,他和我父亲交好,他的天才,还有他出类拔萃的写作风格,这一切都让他始终远离轻慢。

这将我们引向了人们对我的第二项指控,它根据的是这一事实:尽管我早年热衷于寻访各种书籍,但是我没有一本这位诗人的著作,而他的著作对于当年的我自应极具吸引力。我当时极其渴望获取我几乎无望得到的书籍,但对这位诗人的作品却表现出异常的冷淡,尽管它们很容易取得。我承认这一事实,但是我否认敌人强加给我的动机。我当时亦致力于俗语写作;我那时认为没有比这更美妙的事,而且还没有学会向更高处眺望。不过当时我担心，由于青年人敏感多变而易于赞赏一切事物，自己如果沉浸在他或其他任何作家的诗歌作品中，也许会不自觉地、不由自主地成为一个模仿者。出于青年人的热情，这一想法令我心生反感。我那时十分自信，也充满了热情，自认为在本人试笔的领域足以无需仰仗他人而自成一家。我的想法是否正确留待他人评判。但我要补充一句：如果人们能在我的意大利语作品中找到任何与他或别人作品的相似甚至雷同，这也不能归结为秘密或有意的模仿。我总是尽量躲开这一暗礁，特别是在我的俗语写作中，尽管有可能出于偶然或（如西塞罗所说）因为人同此心的缘故，我不自觉地穿行了同一条道路。如果你确实相信我，那么这次也请相信我，将之作为我对自身行为的真实解释而接受下来。没有比这更加严谨真实的了；如果你觉得我的谦逊和矜持都不足为凭的话，那么无论如何我青年时的骄傲显然可以解释这一点。

不过，我现在早已克服了这些焦虑，并从先前的心结中解脱了出来。那个时候我习惯于将自己的作品交予他人评判，但我现在只是暗自评判我的同道。我发现我的看法与所有人不同，但是对但丁并无二言：在运用俗语的技巧方面，我毫不犹豫地向他送上桂冠。因此，那些说我訾议他的人是在扯谎；我很可能比大多数愚蠢泛滥吹捧他的人都更能理解那些仅只打动了他们的耳朵（尽管他们不明所以）却不能打动其冥顽头脑（因为他们的理智通道都淤积堵塞了）的诗篇。他们同属西塞罗在《演说家》中说到的那种人：他们"阅读美妙的演说和诗歌，却不懂得是什么引起他们的赞美，因为他们缺乏看出哪里是最令自己愉悦的事物、其为何物、又是如何被制造出来的能力。"①如果博学之士和学院中人在阅读德摩斯梯尼、西塞罗、荷马和维吉尔时尚且如此，那么在频繁出没酒家和公共广场的粗人那里，我们的诗人又会面临怎样的命运呢？

　　就我而言，我绝不会嘲笑他的作品，而是欣赏、热爱他，另外为了对自己公平起见，我会冒昧地附加说一句：如果但丁活到今天，他会发现他很少有比我更忠心的朋友——当然，前提是我发现他的性格和他的天才一样动人。另一方面，他可能比任何人都更让他的那帮愚蠢赞美者感到厌恶，因为后者对自己赞美什么、谴责什么都一无所知，他们随意乱道、割裂他的诗歌而对他造成一个诗人可能遭受的最大伤害。我甚至曾想尽一己之力将他从这种滥用中解救出来，但是因为忙于创作而无暇他顾。事实上，当我听到愚民大众笨嘴拙舌地玷污但丁诗句的高贵和美好时，也只能通过写作抒发愤怒了。

①　*Rhetorica ad Herenium* IV, 2, 3.

　　现在说这话也许不算离题：正是上述考虑促使我下定决心放弃了自己早年潜心研究的写作风格。我亲眼看到他人（特别是我们现在谈论的这位诗人）的作品遭遇了怎样的命运，我担心自己的作品也会遭受同样的命运。

　　就我而言，我无法在普通大众中找到比我关注的那些作家——他们由于长期以来的偏爱和习惯而流行于剧院和公共广场——的表达更为优美的语言和更加灵动的思想。事实证明我的担心并非多余：大众不断吟诵我早年允许流传于世的少数作品，这对我是一种折磨。我愤怒地拒斥和憎恨自己先前热爱的东西，每天懊恼地行走街上并诅咒自己的天才。到处都有一群无知之徒，到处我都发现我的达摩埃塔（Damoetas）在街角准备"用他声调尖利的芦笛杀死"我那可怜的诗歌①。

　　不过，这本来是一件不值得严肃对待的小事，我对它已经说得太多了；此刻（它一去不返）本该讨论其他事情。然而你的道歉的确让我觉得和那些批评者的指控有些相似，他们有的说我仇恨这个人，有的说我鄙视他——我迄今有意不提他的名字，以免大众但有事情不明所以就叫嚷说我在诋毁它。另外还有人说我出于嫉妒——这些人嫉妒我和我的名声；

———————————

① 维吉尔：《牧歌》III. 27。

尽管我几乎不值得嫉妒,但是我晚年发现有人对我怀有这种情绪,而这种事我一度认为绝无可能发生。对于他们的"嫉妒"指控,我的回答将是:许多年前,出于年轻人的热情,并且在问心无愧的情况下,我不揣冒昧而别出心裁地在致某名公的一首诗中谈到我不嫉妒任何人①。不过假定我不值得信任。即便如此,我有什么可能要嫉妒一位毕生献身于文学——我在青年时期主要致力于此并在此收获了最初的成果——的作家呢?对他来说,文学即便不是唯一的工作,也一定是人生的最高目标,而文学对我不过是一种娱乐消遣和自身能力的最初测试。

　　我为什么会怨恨呢?有什么根据怀疑我嫉妒他呢?你在称赞他的时候说到:他只要愿意,也可能投身另外一种类型的创作。我完全赞同你的说法。我无比推崇他的才能,因为从他的所作所为看,显然他无论做什么都会取得成功。但是让我们假设他转向另一创作类型并取得了成功——然后呢?这就会让我心生嫉妒了吗?为什么这就不会成为我满足的源泉呢?我连维吉尔都不嫉妒,谁又能让我感到嫉妒呢?——除非我会嫉妒店主、制毡工人、屠夫等人向我们诗人发出的声嘶力竭的呼喊,而他们的赞扬只会让他们称赞的人蒙羞。但是我绝不希冀大众的认

①　《诗信集》(*Epistolae Metricae*)I. 6, to Giacomo Colonna。

可,相反我倒是庆幸自己和维吉尔、荷马一样远离大
众的认可,因为我完全意识到无知群众的赞扬对学
者来说是多么无谓。假如有人说我对曼图亚(Man-
tua)公民比对我的佛罗伦萨同胞更觉亲近,那么我
要特别指出:我不否认嫉妒在邻近的人中表现得最
为严重,但是我们拥有共同的起源这一事实本身并
不能证明上述说法的有效性。的确,仅仅是我们年
辈不同这点就会使后一种想法变得荒谬,因为正如
一位前人优雅地指出(他讲话总是那么优雅):"死人
不被憎恨,也不被嫉妒。"①

　　请接受我的庄严证词:我们的诗人的思想和文
笔都让我感到欣喜,我每当提到他都怀着最大的敬
意。不错,我有时是对那些想了解我真实想法的人
说过:他的风格并不统一,因为他在俗语文学而非诗
歌和散文方面取得了更高成就。但你不会否认我的
说法,而且只要正确理解,这也无损他的美誉和英
名。的确,有谁——我不说现在,因为现在文章修辞
(eloquence)早已成为人们怀念的历史陈迹,我说的
是在它最繁荣昌盛的时代——能够兼擅各类文体
呢? 看一下塞内加的《雄辩术》(Declamations)②吧!

---

① 　《斥撒鲁斯特》(Invective Against Sallust)II, 5。它的作者被
　　误认为是西塞罗。
② 　作者是演说家塞内加(彼特拉克并不知道他的存在),他是哲
　　学家塞内加的父亲。

其中即便是西塞罗、维吉尔、撒鲁斯特或柏拉图，也没有人认为他们无所不能。谁会要求得到就连这些天才之人都必然无法得到的称号呢？擅长一种创作类型就够了。如果此言非虚，那么那些试图将我的评论歪曲为恶意诽谤的人可以闭嘴了，而那些相信了我的诽谤者的人（如果他们能读到这些文字）也不妨在此听听我对他们的意见。

论无知之徒

1364 年 8 月 28 日自威尼斯致薄伽丘信。选自《晚年通信集》(*Epistolae Seniles*) V, 2。

"我有话和你说",如果一个可怜的罪人可以说救世主所说的话,而你正为此来倾听,那么这不是我经常和你说的一些话又该是什么呢?因此,请准备好耐心和接受批评的耳朵吧!尽管没有什么比我们的心灵更加相似,但我还是常常惊讶地看到没有什么比我们的行为和见解更加不同。我屡屡自问何以如此,不仅是你,也包括其他一些我发现具有同样反差的朋友。我只找到一种解释,那就是我们共同的母亲——自然①使我们相同,但是习性(所谓第二自然)使我们彼此不同。但愿我们在一起生活,因为那样我们就可以成为两个身体中的一个灵魂了。

你可能认为我有真正重要的话和你说,但是你

_____

① 或译"天性"。——译者注

错了——而且，正如你明确知道的那样，如果说话者本人说它不重要，那么它一定是不重要的，因为我们都很爱自己的言谈而很少有人能准确判断自己的表现，另外我们对自身和自身行为的偏见也很容易误导我们。在成千上万的人当中，只有你一个人不是因为过分钟爱而是因为厌恶和鄙视的误导才对自己的创作产生了错误的认识——除非也许我在这个问题上弄错了，把其实是源于骄傲的表现看成了谦卑。我说这一切的意思，你马上就会明白。

　　你当然熟悉那帮靠文字——而且不是他们自己的文字——为生的庸人，这类人所在多有，而且在我们当中愈演愈烈，甚至达到触目惊心的程度。他们才华并不出众，只是记忆力很好；他们也很勤奋，但是更多厚颜无耻。他们经常出没于王公大人的堂前，除了偷盗来的一身诗人行头外一无所有。他们攫取这个人或那个人的只言片语（特别是本国语言）并津津有味地讽诵吟咏。他们以这种方式努力获取贵人的赏识，并自己挣得金钱、衣物和其他馈赠。他们的存货一部分来自东拼西凑，一部分直接来自作家本人，无论是通过乞求还是用钱从贪心或贫穷的人那里购买。那位讽刺诗人①描述了后一种情形：

---

①　指 1—2 世纪时罗马讽刺诗人朱文纳尔（Juvenal）。——译者注

"如果他不能成功地把他尚未有人听说的《龙舌兰》（*Agave*）剧本卖给帕里斯，他就会活活饿死。"①

　　你不难想象这些家伙多么经常地通过令人作呕的阿谀奉承来纠缠我（我相信不会是别人）。不错，我比以前已经少受罪了，因为我改变了研究领域，或者是因为他们尊重我的年龄，抑或是他们感到了我的厌憎：为了不让他们养成纠缠的习惯，我经常断然拒绝他们的请求，而且无论他们怎样反复求告都不为所动。的确，有时候，特别是当我知道求助者出身低微而需要帮助时，仁爱的本能曾经促使我运用自己拥有的这门技能帮助他谋生。我的帮助也许影响他的一生，但对我来说只是一时的付出。在我忍不住出手相助的这些人当中，有些得偿所愿而去（否则他们仍将穷困潦倒），而且很快又回来——现在他们衣着光鲜、腹内结实而囊中饱满——感谢我帮助他们摆脱贫困。面对这种情形，我有几次深受感染而立志今后绝不拒斥这种特殊的救济；然而他们无休止的求告令人厌烦，到时我总是会改变先前的想法。

　　当我问一些求告者为什么来找我而从不求助其他人特别是你时，他们回答说他们经常找你求助，但是从来没有成功过。正当我好奇一个对待自己财产如此慷慨的人怎么会这样吝惜文字时，他们又说你

———————

① Juvenal: *Satires* VII, 87.

烧毁了自己用俗语写作的全部诗稿。这个回答并未让人感到满意,反而令我震惊不已。当我问他们你这么做的理由时,他们都表示一无所知而住口不言了,除了一个人。他说他相信——至于他是否确实在什么地方听到,我就不知道了——你打算修订早年和壮年时的全部作品,以使它们获得心智成熟(我想说老到)的优点。如此有信心延续无常的人生,特别是在你这个年龄①,对你对我都显得有些夸张了。尽管我无比相信你的审慎和心灵的力量,但是这番话还是让我大吃一惊。我说,这是多么变态的想法啊:烧掉你想修订的东西,以便不剩下任何东西来修订!

我的震惊始终没有消失,直到我最后来到这个城市而结识了多纳托②,你的一位诚挚的朋友。通过我们日常间的谈话,最近我才从他那里了解到此前听说的事情和长期以来困惑我的原因。他说你早年异常热爱俗语写作,为此付出了许多时间和心力,直到你在研究和阅读过程中偶然发现了我在青年时期的俗语创作。于是你的热情顿时冷却了。你不仅

---

① 薄伽丘生于 1313 年,他的年龄在我们看来不会觉得有多么大,但是时人并不这样想。Cf. Creighton Gilbert: "When Did a Man in the Renaissance Grow Old?", *Studies in the Renaissance*, XIV, pp. 7—32.

② 即多纳托・阿尔班赞尼(Donato Albanzani)。

避免将来从事同样的工作，而且对自己从前的作品深感厌恶，存心毁掉而不是修改它们，于是尽付一炬。这样，你不仅剥夺了自己也剥夺了后代享用你在这一文学领域的劳动成果的权利，而理由不过是你认为你的作品不如我的出色。但是你的厌恶是没有道理的，你的牺牲是不明智的。至于你的动机，它也令人生疑。它是鄙夷自身的谦卑，还是不愿落于人后的骄傲？只有你能看清自己的内心，因此必须由你做出判断。我只能胡乱做些猜测，并一如既往像和自己谈心一样写信和你交流想法。

因此，我祝贺你认为自己不如那些其实不如你的人。我宁愿犯这个错误，而不是其实不如人却自以为高人一等。这令我想起科尔多瓦的卢坎（Lucan of Cordova），他才华横溢，这既可能导致伟大的卓越，也可能通向失败的深渊。他在青年时就学识过人，事业起步顺利，但他因此自信心膨胀，竟然自比维吉尔。他曾在一部反映内战的作品——这部作品因他去世而未能完成——前言中这样说到："难道我有什么地方不如《蚊虫》（Culex）的作者吗？"①这位诗人的朋友是否注意到了这个傲慢的说法，他们又是如何回应他的，我并不知道；就我而言，

① 一些古代作家认为《蚊虫》（英译 Gnat）是维吉尔的作品。上述逸闻载见苏维托尼乌斯的《卢坎传》。

自从我读到这个故事，我就经常在心里愤然回答这个大言不惭的人："了不起的先生，你的作品或许确实堪与《蚊虫》相提并论，但是和《埃涅阿斯纪》相比，不知差了多少呢！"可是，我为什么不称赞你的谦逊（因为你认为我比你优秀）呢，特别是称赞你和当年那位自吹自擂的文坛新贵（他自认为超过了维吉尔，至少是和他平起平坐）形成了鲜明的对照？

不过这里还有一些东西我非常想去发现，但它本性晦暗不明，难以用文字说明。但是我会尽力而为。我担心你的出奇谦逊说到底也许不过是骄傲而已。在许多人看来，这无疑是对谦逊的一个新奇甚至惊人的说法；如果它令人不快，我会换一种说法。我只是担心这种谦逊的标志性展示并未完全去除傲慢的成分。我曾经看到有人在宴会或其他集会中起身走到末排就坐，因为他们没有被安排到首席，这表面上是谦逊，其实是出于骄傲。我还看到过有的人因为过于敏感软弱，甚至离席而去。就这样，有时是愤怒、有时是骄傲使人表现得好像他不喜欢在首席（这个座位按理只能留给一个人）就坐，但是也许除了末席之外就别无位置可选。然而荣誉和功名都是有不同级别的。

你正是以避离首席的方式来显示自己的谦逊。有些不论是天才还是文章都不如你的人都要求首席的位置，并以其荒谬的志向引起了你我的愤怒（其中

也不无欢乐）。但愿来自大众的支持——他们有时
为此而欣然自得——对于世间俗人就和对帕纳斯山
的居民①一样没有任何作用！但是不能就座第二排
或第三排的位置，这难道不是真正的骄傲么？设想
我，非常乐意和你并列为伍的我，一时超越了你；设
想你被我们的母语文学大师②所超越；注意不要在
拒绝看到自己被这个人或那个人——特别是你的一
位（最多只是不几个）佛罗伦萨同胞——超出时，表
现出比你争取第一时更多的骄傲。谋求首位可视为
伟大心灵的标志，可是耻居次席就是傲慢的表现了。

　　我听说拉文纳（Ravenna）的那位老人（他在文
学方面的判断力绝非等闲）每次评论文章都会把你
排到第三的位置。如果这让你感到不快，如果你认
为我妨碍了你取得第一名的位置（虽然我绝不构成
障碍），那么我情愿放弃一切优先地位而将亚军的位
置留给你。如果你拒绝它，你是不会得到我的原谅
的。如果说只有第一名才是光荣的，那么我们很容
易看到有多少人默默无闻，而享受光荣的人又何其
之少。另外你也想一下，和第一名相比，第二名的地
位是多么的安全，甚至更加崇高。有人为你承受嫉
妒的第一波攻击，还要冒着丧失声誉的危险为你指

---

① 指诗人和文学家。——译者按
② 当是指但丁。——译者按

示道路;观察他的行踪,你将学会何时跟随、何时退出。当你努力赶超时,会有人助你戒除怠惰的习惯。你会不满足自己总是位居第二而有追赶第一的动力。后者会振奋高贵的心灵,并且常常创造奇迹。在第二名的位置上懂得自处的人不久就会配得第一,而鄙视第二名的人已经开始不配享有这个位置了。回想一下,你就会发现:几乎任何一流的军事领袖、哲学家或诗人,都是经过这样一番激励后才攀上了自身事业的顶峰。

不仅如此,如果说第一名为绝大多数人带来了自我满足和他人的艳羡,那么它当然也会导致惰性。学者和恋人一样受嫉妒心理的驱使:没有竞争的爱情和没有较量的事业一样都会走向萎靡萧条。贫困的勤快远胜过富足的懒散。小心翼翼地攀登悬崖胜于无所事事地享受安逸;诉诸行动的美德(active virtue)不仅优于仰仗无聊的虚名,也是更加安全的做法。

在我看来,这都是愉快接受第二名位置的好理由。但是如果你被分派为第三名或第四名,又当如何呢? 这会引起你的愤怒吗? 或者,难道你忘了塞内加为法比亚努斯(Fabianus Papirius)辩护而斥责卢基里乌斯(Lucilius)的话了么?① 在把西塞罗奉为第一人后,他接着说到:"只在一人之下,此亦非同

---

① 塞内加:《道德书信集》(*Epistulae Morales*)100.9。

小可。"他认为阿西纽斯·波利奥（Asinius Pollio）仅次于西塞罗，然后又说："即便如此，第三名亦不容小觑。"最后，他将李维放在第四位，并总结道："只有三个人——这三个人都是最伟大的天才——胜过他，而他又胜过了多少作家啊！"亲爱的朋友，这难道说的不是你吗？除了在我看来，不论你排名第几，也不论你看到谁在你前面，反正你前面的这个人不可能是我。因此，请放过你的诗作，不要让烈火吞噬它们吧。

　　然而，如果你和其他人一样，无论我说什么都坚信——不管我是否愿意承认这一点——我一定在文学方面胜过你们，那么你确实还会因为排名仅次于我而感到懊恼并认为丢脸吗？如果这是真的，那么请允许我说我一直以来都看错了你，我本来期待的是你对我的爱和你的谦虚天性。真正的友谊是将朋友置于自己之上。真正的朋友不但希望对方超过自己，而且会因对方超过自己而深感快乐，就像任何一位慈父都不会否认他的最大快乐在于自己的儿子胜过自己一样。我曾经希望而且现在也希望你超过我。我并不是要你像对待自己的爱子一样待我，或是相信你爱我的声誉超过爱自己的声誉。不过，我还记得你一度带着友爱的不满为此而责备过我。如果你当时确实出于真诚，你现在就应欣喜地认可我的这项要求。你不但不应退出比赛，更当向我全力追赶,以免其他竞争对手追上来横在你我之间。坐在马车里观看比赛或是跟随朋友赛跑的人并不问谁是第一,而只是为这两个人跑得越来越近而揪心。我们渴望亲密的友谊,世间快事莫过于此。对朋友来说,至高无上的爱就是一切。最前的就是最后的,而最后的也是最前的:在友爱中,一切都结为了一体。

我对你的指责到此为止。现在让我们转向为你的行为提供辩解。尽管你本人通过一位挚友向我做了解释,但我还是试图为你找到更好的理由;因为行为是好是坏,因其动机而定。接下来我将告诉你我的想法。

你并没有因为虚妄的骄傲(这与你温厚的天性格格不入)、因为妒忌某人或自叹命运不公而以一种对你对我都极为不公的方式毁掉你的作品。你是因为我们这个时代的空虚无聊——世人出于极度的无知,败坏甚至鄙视一切美好的东西——而产生了义愤。你不希望今人评判自己的作品,于是就像维尔吉努斯(Virginius)杀死自己的女儿以保全她的贞节一样将自己的美好作品、你的精神产儿付之一炬,以免它们落入群氓之手。亲爱的朋友,我说得对不对呢?确实,我也经常想这样对待自己的俗语作品,尽管它们为数不多;正是我本人的经验向我提示了你这样行事的原因。如果不是因为我的作品已经广为流传而早就不在我控制之中的话,我或许也已这样做了。尽管如此,我有时也有相反的想法,并一度打算将全部精力用于俗语文学创作。

的确,无论是散文还是诗歌,拉丁文无疑都是比俗语更加高贵的语言;但是正因为如此,它在前代作家手中已经登峰造极,现在无论是我们还是其他人都难以有大的作为了。另一方面,俗语直到最近才被发现,因此尽管已被很多人所蹂躏,它仍然处于未开发的状态(虽说有少数人在此认真耕耘),未来大有提升发展的空间。受此想法鼓舞,同时出于青年的进取精神,我开始广泛创作俗语作品。我打好了地基,也准备好了石灰和木石。这时我开始稍微留心思考我们所处的时代——这个时代孕育了傲慢和无知,也思考了那些自以为是评判我的人的能力——他们有一种特殊的本领,即几乎每次朗诵他人作品都会使之面目全非。我一再聆听他们的朗诵,同时在心里反复思考这个问题,最后得出了结论:我是在不稳当的土地和流沙上建筑施工,徒费心力之余,也看到我亲手建造的房屋被群氓大众夷为了平地。就像是在道路上发现蛇的人一样,我停下脚步而转向另一条道路——一条更加伟岸也更加笔直的道路。尽管我先前创作的俗语短篇如我所说已经流散各处,因此更多属于公众而非我所有,但我仍会小心行事,以免我更为重要的作品也遭到粉身碎骨的命运。

但是如果那些自命博学多才的人更应受到公正而严肃的谴责，我为什么还要和冥顽无知的普通大众过不去呢？除了诸多怪癖之外，这些人更因其过分夸张和令人作呕的骄傲而越发显得无知。正是这一点促使他们对某些作家极尽吹毛求疵之能事，尽管他们当年曾为解读这些作家无关紧要的只言片语而沾沾自喜。唉，可耻的时代啊！它嘲笑古代——它的母亲，因为它的一切高贵技能都由此而来，并且竟敢自称平视甚至超越了古代的光荣！我说的不是群氓大众这些人渣，他们的各种说道和见解可发一噱，但是几乎不值得严肃对待。我说的也不是军人和军事指挥者，他们毫不脸红地宣称自身见证了战争技艺的登峰造极，尽管此时战争技艺在他们手中不断退化而走向彻底灭亡。他们既无技能也无头脑，而是完全仰仗怠惰和机会。他们像参加婚礼一样盛装出战，一心想着满足口腹之欲和淫欲。他们更多想着逃跑而不是克敌制胜。他们擅长的技能不是奋勇杀敌，而是举手投降；不是威吓他们的对手，而是取悦他们的情妇①。不过相比彻底的无知和教育者的蒙昧，甚至这些虚妄的想法也是可以原谅的。

------

① 　参见马基雅维利《君主论》第12章。

国王我将略而不谈。从他们的行事来看,他们仿佛认为自己的职责就在于保有紫袍、金冠和权杖,而为了超越前人就必须穷兵黩武以获取更大的荣耀。尽管他们被立为王只是为了统治(王者之号 rex 一词即由此而来),但他们实际上并不是在统治他们高踞其上的人民,而是(如其行为所示)被自身的欲望所统治。他们是人类的统治者,然而同时又是淫逸和奢华的奴隶。即便如此,他们也可以通过对以往历史的无知、命运赐予的短暂光荣和盛极则衰的浮华而在一定程度上得到辩解。但是对于有学问的人(他们不应不了解古代的情况,却也陷入了同样的蒙昧和愚妄),我们又该如何为他们辩解呢?

你知道,我一谈到这些事情就情绪激动而怒不可遏。最近出现了一批论辩学者,他们不仅一无无知,而且丧心病狂。就像是一群从朽木中孳生的黑色蚂蚁大军,他们从藏身之所涌出而摧毁了健全知识的田地。他们呵斥柏拉图和亚里士多德,并且嘲笑苏格拉底和毕达哥拉斯。仁慈的上帝啊!提出这些观点的人是多么的愚蠢无能啊!我甚至不愿给这帮人起一个名号。他们的所作所为不配有一个名号,尽管他们因其愚蠢而闻名遐迩。我并不想把那些和最下贱者为伍的人放在最伟大的人之中。这些人抛弃了一切值得信赖的领导人,而去矜夸那些没有在人间留下任何能力或知识印记和博学名声的人

（不论他们死后会学到什么）。对于那些鄙薄雄辩界的太阳——西塞罗的人，我们说什么好呢？再如那些嘲笑瓦罗和塞内加并因认为李维和撒鲁斯特文笔粗陋而引起物议的人呢？而这一切都听命于一些从未有人听说、追随者理应感到羞愧的领导人！有一次他们语气轻薄地批评维吉尔的文笔，我当时恰好在场。震惊于他们的疯狂发作，我转向一位多少有些修养的人，问他在这位著名诗人的作品中发现了什么，居然会引起这样一场轩然大波。他听了我的问题，然后轻蔑地一耸肩说："他太喜欢用连词了。"维吉尔，快起来打磨你得缪斯之助而巧夺天工、以便交给这些人肆意把玩的作品吧！

对于另一种学究型怪物，我又该怎么办呢？他们穿着教士的制服，但无论是他们的心灵还是他们的行为都极其非圣无法；他们想让我们相信安波罗、奥古斯丁、哲罗姆都是无知之徒，虽然他们有详尽周至的论文。我很好奇这些不肯放过教会博士(the Doctors of the Church)的新派神学家是从哪里冒出来的。很快他们也会对耶稣使徒失去敬意，接着是福音书，最后将对基督本人说三道四，除非他——这必然涉及到他——帮助我们紧束这些桀骜不驯的野兽。现在他们几乎已经养成了这种习惯，即以沉默不语的姿态发起进攻，或是一听到庄严的圣名便口出侮慢之言。他们说："你们的奥古斯丁经见甚广，但他所知无多。"对于其他人，他们同样也是不以为意。

几天之前，我的藏书室中就来了这样一位"信仰"人士（最高形式的信仰不但在装束，而是成为基督徒）①。他属于这一派的人：他们以现代方式从事哲学，认为自己不攻击基督和他的学说就算不上能干。当我偶然提到《圣经》中的某些篇章时——我忘记具体是哪些了——他勃然变色而怒不可遏。他的脸扭曲变形，因傲慢蔑视的表情而显得丑陋。"你留下那些可爱的教会博士给自己用吧"，他说，"我知道应当信从何人。"②

"你使用了使徒的语言，"我回答道，"因此你最好也采用他的信仰。"

"你的使徒，"他回答说，"乃是一个'播种言辞者'和'疯人'。"

"你说的非常好，"我说，"我可敬的哲学家。你说的第一个词正是其他哲学家用来攻击使徒的话③，第二个词则是叙利亚总督费斯特斯（Festus）对使徒说过的话④。的确，他是最有益的言辞的播种者。我们看到，他播种的这颗种子，在其后继者的辛

---

① 这位身份不明的来访者来自某一修道会。彼特拉克想说接受圣职未必提升人的道德境界，成为真正的基督徒才是获得信仰的最高途径。

② 《提摩太后书》2:12。

③ 《使徒行传》17:18。[译者按：此处及下文所说使徒指保罗。]

④ 《使徒行传》26:24。

勤培育和殉道者的鲜血浇灌下，为我们结出了丰硕的信仰果实。"

这时他发出令人厌恶的笑声，同时叫喊说："好啊，你一定是个良善的基督徒喽。至于我，我不信这类东西。你的保罗和奥古斯丁，还有你宣扬赞美的其他所有人，都是些极其饶舌的家伙。你一旦接触阿威罗伊，就会知道他比你那些愚蠢的话痨们要高明得多。"

我必须承认，当时我怒火中烧，几乎忍不住用手批打他那张亵渎神灵的丑脸。"这是一场长期进行的论战。我和其他异教徒也争辩过这个话题。你走吧，永远不要回来，无论是你本人还是你的异端思想。"

这样说着，我抓着他的上衣，用远比平常粗鲁（虽然并不比他更粗鲁）的方式把他推出了我的房门。

有成千上万个这样的例子。一切都无济于事——无论是崇高的基督之名、对基督本人的崇敬之情（天使都下跪礼拜基督，而软弱和堕落的人类却会侮蔑基督）还是对惩罚的畏惧、全副武装的异端裁判者都不能说服他们。监狱、火刑同样无法约束无知者的厚颜无耻和异端分子的胆大妄为。

我的朋友，这就是我们在其中诞生、生活和逐渐老去的时代。这就是今天的批评家（正如我经常为此叹息和抱怨的那样），他们对知识和德性茫然无知，却自以为是到了极点。他们遗失了古人的文字尚不满足，还要攻击古人的天才和遗产。他们为自己的无知欣然自得,仿佛自己不了解的东西就不值得了解一样。他们无法无天、胡思乱想而不知收敛,同时肆无忌惮地引进新的作者和外来的学说。

如果你是因为无法捍卫自己的作品而将它们付之一炬,以免它们落入暴虐的裁判之手,那么我不但不能反对你的做法,还要称赞你的动机。我对我自己的很多作品也做过同样的事,我甚至懊悔没有把所有作品——当它们还在我手中的时候——都烧掉;因为我们看不到未来会有更公正的裁判,尽管现有裁判的人数日益扩大也越来越肆无忌惮。今天他们不再局限于学校,而是遍布各大市镇,充塞了所有街巷和市场。事情发展到这步田地,我有时甚至愤恨自己曾哀叹近期的毁灭性战争减少了人口。真正的人也许少了,但是这个世界从未像今天这样充满了罪恶和罪恶的生物。简言之,如果我是一名古罗马市政官(aedile)而怀有此刻的心情,那么我一定会宣布克劳迪乌斯(Appius Claudius)的女儿①无罪。不过现在我没有什么可说的了,因此再见吧。

---

①   她曾因言论攻击罗马人民而被处以罚款。[译者按:事见苏维托尼乌斯《提比略传》II,3:"另一个克劳狄娅是妇女中第一个在人民面前被判犯有侮辱尊严罪的;因为她曾因自己的马车在密集的人群中走不快而大声埋怨,说但愿他的哥哥普尔赫尔复活,再次失去舰队,以缓和罗马城的拥挤。"《罗马十二帝王传》,张竹明、王乃新、蒋平等译,商务印书馆,2013年,第132页)。]

论文学模仿

1366 年 10 月 28 日自帕维亚致薄伽丘信。选自《亲友通信集》(*Epistolae Familiares*) XXIII, 19。

　　一名模仿者必须确保他的作品和前人相似,但是并不完全一致;此外,这个相似不应是人物绘画或雕塑那种相似,而是父子之间的那种相似,即儿子的面目、肢体往往和父亲大不相同,但是他的脸上(特别是眼睛部分)毕竟有一种说不清、道不明的东西——类似我们的画家所说的神气(air)——似曾相识而让我们马上想到他的父亲。如果仔细衡量的话,我们会发现每一细节都不尽相同,但是其中显然有一种微妙的东西而令人感觉到相似。同样,我们的作家也必须确保除了相似之外还有巨大的不同;不仅如此,这里的相似必须不易觉察,只有潜心玩索才能发现,而且它只可意会不可言转。简言之,我们可以欣赏他人的思想,甚至直接模仿其人风格的色彩(colors),但是一定要避免照搬原文。前一种是深藏不露的相似,而后一种是明目张胆的相似。前一种产生诗人,后一种产生猿人(apes)。塞内加和塞内加之前的弗拉库斯(Flaccus[译者按:即贺拉斯])说的话①就概括了这一点:我们要像蜜蜂酿蜜那样来写作,即不是保存花朵,而是把它们变为我们自己的佳酿,调和众味而生成新的风味,味道不同但是更好……

---

① 参见贺拉斯:《颂诗集》IV.ii.27—32;塞内加:《道德书信集》84.5.6。

论《十日谈》

1373 年冬春之交自帕多亚致薄伽丘信。选自《晚年通信集》(*Epistolae Seniles*)XVII, 3。

你用母语写作发表的那本书(我猜这是你早年的作品)不知从何也不知如何到了我中手。如果我告你说已经读完了此书,那我是在骗你。这是一本大部头,用散文写成,面向大众读者。我最近忙于一些重大事务,时间十分紧张。你不难想象周边战事给我带来的动荡不安:我虽然远未实际参与其事,但是无法不受到国事危急的影响。我只是迅速翻阅了你的著作,就像一名旅行者那样,一边张望四周而一边马不停蹄地赶路。我在什么地方听到说这本书被一些批评者疯狂撕咬,而你用棍棒和大声吆喝勇敢地保卫了它。对此我并不感到奇怪,因为我不但深知你的能力,而且我从自身经验也知道这帮怠懒无耻之徒的存在,他们只要在别人书中看到自己碰巧没有想到、他们不熟悉或是自己写不出的东西就横加指责。他们的见解和能力仅限于此;对于任何其他问题他们都默然无语。

你的书我只匆匆浏览了一遍,但是从中获得了很大乐趣。书中的幽默有时稍嫌过分,但是想到你写作时的年龄、你使用的文体和语言、主题的轻佻以及可能阅读这些故事的读者,也就可以原谅了。知道我们是为谁而写,这一点很重要,因为听众性情的不同决定了文风的不同。除了大部分是轻松逗笑的内容之外,我也发现了一些严肃而有教育意义的东西,不过我不能确定,因为我尚未通读全书。

一如既往,在别人迅速浏览整本书的时候,我更关心开头和结尾的部分。依我看,你在开头部分准确地描绘并动人地哀悼了大瘟疫时期——这是本世纪最为黑暗阴郁的一段时期——的佛罗伦萨①。在结尾的地方,你讲述了一个完全不同类型的故事,这个故事深深地打动和吸引了我(尽管我当时忧心国事而几乎忘记了自身),我有心记下它,以便将来有机会为自己复述或是向朋友谈起。不久我就有机会向朋友讲述了这个故事,我发现他们都很喜欢。后来我突发奇想,既然这个故事这样有趣(我从几年前第一次听到这个故事后就一直喜欢它,何况你也觉得值得用母语讲述这个故事,而且放到书中最后才

----

① 指 1348 年爆发的黑死病。

讲——根据修辞学的原则，文章最后也是最动人的部分），那么不了解我们语言的人可能也会喜欢这个故事。于是在风和日丽的一天，当我像往常那样被各种事务纠缠分心而忍不住埋怨自己和自己所处的环境时，我猛然抛开一切，奋笔写下你的这个故事。我真诚地相信，你一定会为我自愿翻译你的作品而感到高兴：我以前从来没有想到翻译别人的作品，但是现在由于喜爱你和你的这个故事，我居然情不自禁这样做了。我没有忘记贺拉斯在《诗艺》中的教导，即一名忠实的译者不必逐字翻译原文①，于是用自己的语言讲述了你的故事，有时改动甚至增加了一些词，因为我觉得你不但会允许而且会赞成这些改动……②

---

① 《诗艺》第131—135行。
② 彼特拉克对"耐心的格里塞尔达（Griselda）"故事的拉丁文改写构成了本信的主体部分。关于他的作品在14世纪的命运（*fortuna*），参见 J. B. Severs：*The Literary Relationships of Chaucer's "Clerkes Tale"*，New Haven：Yale University Press，1962，00. 21—37（不过乔叟1373年来意大利时似乎不大可能去过帕多亚）。

人名索引

（按中文拼音排序）

图书在版编目(CIP)数据

论自己和大众的无知/(意)弗兰齐斯科·彼特拉克著;张沛译.
--上海:华东师范大学出版社,2021
ISBN 978-7-5760-1264-4

Ⅰ.①论… Ⅱ.①弗… ②张… Ⅲ.①诗歌—意大利—中世纪 Ⅳ.①I546.23

中国版本图书馆 CIP 数据核字(2021)第 027475 号

华东师范大学出版社六点分社

企划人 倪为国

快与慢

论自己和大众的无知

著　　者	(意)弗兰齐斯科·彼特拉克
译　　者	张　沛
责任编辑	施美均
责任校对	高建红
封面设计	姚　荣

出版发行　华东师范大学出版社
社　　址　上海市中山北路 3663 号　邮编　200062
网　　址　www.ecnupress.com.cn
电　　话　021－60821666　行政传真　021－62572105
客服电话　021－62865537　门市(邮购)电话　021－62869887
地　　址　上海市中山北路 3663 号华东师范大学校内先锋路口
网　　店　http://hdsdcbs.tmall.com

印　刷　者　上海盛隆印务有限公司
开　本　787×1092　1/32
印　　张　6.75
字　　数　100 千字
版　　次　2021 年 6 月第 1 版
印　　次　2021 年 6 月第 1 次印刷
书　　号　ISBN 978-7-5760-1264-4
定　　价　58.00 元

出 版 人　王　焰